Gabi Adam über sich:

Geboren wurde ich am 12.06.1963, ganz in der Nähe des Ortes, wo ich heute lebe. Mit neun Jahren begann ich zu reiten, doch der Traum vom eigenen Pferd wurde für mich erst wahr, als ich 19 Jahre alt war. Die Stute, die ich damals erwarb, befand sich in einem bedauernswerten Zustand, da sie von den Vorbesitzern etwa drei Jahre in einer dunklen Garage gehalten worden war und nur ein- bis zweimal im Jahr aus ihrem Verlies auf eine schlammige Weide hinausdurfte. Plötzlich war mir, die ich mir immer einen wunderschönen Rappen oder einen Schecken gewünscht hatte, nicht mehr wichtig, wie mein Pferd auszusehen hatte. Nur eines zählte: nämlich dieses arme Geschöpf endlich pferdegerecht zu behandeln und es aufzupäppeln. Lady hat es mir vom ersten Tag an mit ihrer Liebe und vielen wunderschönen Ausritten gedankt.
Im Laufe meines Lebens hatte ich mehrere Pferde, und vor einigen Jahren konnte ich mir endlich auch den Traum vom eigenen kleinen Stall verwirklichen, wo bis vor kurzem stets ein bis zwei Pferde standen. Mittlerweile musste ich den Stall aus gesundheitlichen Gründen aufgeben und meine kleine Tinkerstute extern unterbringen.
Mit meiner Mutter, meinen drei Kindern, Hund und Katzen lebe ich zusammen auf einem umgebauten Bauernhof. Meine Familie teilt meine Liebe zu all unseren Tieren.
Wen einmal das Pferdefieber gepackt hat, den lässt es nicht mehr einfach so los. So habe ich schon recht früh damit begonnen, meine Erlebnisse mit diesen wundervollen Tieren aufzuschreiben. Es entstanden einige Kurzgeschichten, die auch zum Teil veröffentlicht wurden. Danach folgte ein Reiterroman für Jugendliche, und im Anschluss daran begann ich mit der Diabolo-Reihe. Zwischendurch schreibe ich allerdings auch immer wieder ein paar Kurzgeschichten oder auch Märchen für kleinere Kinder.

Homepage: http://gabiadam.oyla2.de

Diabolo 24

IM ZEICHEN DES SCHWARZEN RITTERS

Gabi Adam

Umschlagfoto: Bob Langrish
Umschlaggestaltung: Stabenfeldt AS

Handlung und Personennamen sind frei erfunden!

Es wurde ein Auszug aus dem Lied „Boote in der Nacht“ aus dem Musical „Elisabeth“ verwendet.

Dieses Buch widme ich dem deutschen PonyClub-Mitglied Anna Grillmeier. Sie ist die Gewinnerin der Rolle in diesem Diabolo-Buch.
Liebe Anna, ich wünsche Dir, dass Du mit Monique mindestens genauso glücklich wirst, wie Ricky mit ihrem Diabolo!

Umwelthinweis:
Dieses Buch wurde auf chlorfrei gebleichtem Papier gedruckt.

Herausgeber und Verlag:
PonyClub, Stabenfeldt GmbH,
Oskar-Schlemmer-Str. 11, 80807 München
www.pony-club.de
Redaktion und DTP/Satz:
Stabenfeldt GmbH, München
Printed in Germany 2009
ISBN 978-3-940455-11-6

Kapitel 1

„Boah, was für ein Tag! Wieso muss unser Bundesland immer so spät mit den Sommerferien dran sein? Bin ich froh, dass das Schuljahr endlich vorbei ist", stöhnte die vierzehnjährige Anna Grillmeier, als sie aus der Schule nach Hause kam. „Selbst am letzten Schultag hat uns der Kiebler noch irgendeine sinnlose Grammatik eingehämmert. Als ob heute noch irgendjemand etwas kapiert hätte … Mathe war auch wieder ätzend und in Englisch gab's einen mündlichen Vokabeltest. Ist das nicht total bescheuert? Am letzten Schultag! Nur Musik war wieder klasse!"

Als das Mädchen an sein Lieblingsfach Musik dachte, begannen seine Augen zu strahlen. „Stell dir vor, Mama, die Theatergruppe möchte im neuen Schuljahr das Musical ‚Elisabeth' spielen! Mein absolutes Lieblingsmusical! Ich fasse es nicht! Und weißt du was? Sie haben mich gefragt, ob ich die Elisabeth spielen möchte! Kannst du dir das vorstellen? ICH! Die Elisabeth! Ist das nicht Wahnsinn?"

Gabriele Grillmeier, Annas Mutter, lächelte ihre Tochter an. „Das ist ja großartig", meinte sie und nahm sie überschwänglich in die Arme. „Aber die Proben werden viel Zeit in Anspruch nehmen, oder?"

„Klar!" Anna nickte bekräftigend. „Direkt nach den Ferien geht's los!"

„Aber nicht, dass du über die Singerei das Lernen vergisst“, mahnte die Mutter.

„Ooch, schön wär’s, wenn man das vergessen könnte“, seufzte Anna, doch dann meinte sie: „Mach dir mal keine Sorgen! Du weißt, dass ich guter Durchschnitt bin.“

„Ja. Und ich möchte auch, dass das so bleibt.“ Gabriele kannte ihre Tochter nur zu gut. Sie wusste, wie leidenschaftlich Anna in ihrer Musik aufging, und es war ihr vollkommen klar, dass mit dem Beginn der Proben für das Musical das Lernen für die Schule erst einmal ins Hintertreffen geraten würde.

„Und was ist mit deinem Pflegepony?“, fragte Gabriele weiter.

„Was soll mit ihm sein?“ Anna verstand die Frage nicht.

„Du reitest es eh schon so selten. Sammy hat es nicht verdient, dass du ihn vernachlässigst.“

Anna verdrehte die Augen. „Mama, ich vernachlässige Sammy doch nicht. Aber die Besitzerin erklärt mir sowieso schon laufend, dass ich für ihn zu groß geworden bin. Sie nimmt ihn bald aus dem Stall und stellt ihn woanders hin.“

Annas Mutter öffnete ihren Mund und wollte noch etwas hinzufügen, doch das Mädchen kam ihr zuvor.

„Ach Mama, du weißt doch ganz genau, wie sehr ich Sammy liebe! Und du glaubst gar nicht, wie sehr ich ihn jetzt schon vermisse, wenn ich mir vorstelle, dass er nicht mehr hier stehen wird. Vielleicht fällt es mir leichter, mich von ihm zu trennen, wenn ich nicht mehr so oft in den Stall gehe … Na ja, auf alle Fälle freu ich mich total über die Rolle! Aber wenn ich daran denke, was bei den Aufführungen alles schiefgehen kann, da wird’s mir richtig mulmig. Oh Mann, ich muss richtig tanzen lernen! Vielleicht sollte ich noch einmal einen Tanzkurs machen“, sagte sie nachdrücklich mit einem spitzbübischen Lachen, dann drückte Anna ihrer Mutter einen Kuss auf die Wange und lief in ihr Zimmer.

Sie fühlte sich so glücklich, wie schon lange nicht mehr. Fast zärtlich ließ sie den Blick durch ihr kleines Zimmer schweifen. Sie liebte diese vier Wände, die ihr ganz persönliches Reich waren. Der Kleiderschrank aus Holz, auf dessen Türen sie Tier- und Starposter angebracht hatte; das kleine Bücherregal neben ihrem Bett, in dem sie ihre heiß geliebten Pferdebücher untergebracht hatte, aber auch die Ecke mit ihrem Schreibtisch, dem riesigen Pferdekalender und der Pinwand. So viele kleine Dinge standen überall herum, mit denen Anna alles verknüpfte, was ihr wichtig war.

Ihr Blick blieb an einem Gedicht hängen, das sie irgendwann mal über dem Bücherregal in schöner Schrift an die Wand gepinselt hatte. Vor allem nachts, wenn der hübsche Teelichthalter den Schatten eines Sterns darauf warf, fühlte Anna den Sinn dieser Worte noch stärker in ihrem Herzen.

Küss mich,
aber nicht nur mein Lachen,
auch meine Tränen.
Berühre mich,
aber nicht nur meine Haut,
auch mein Herz.
Liebe mich,
aber nicht nur meinen Körper,
auch meine Seele,
mein ICH.

Über dieses Gedicht freute sie sich jeden Tag aufs Neue, wann immer es ihr ins Auge fiel, denn es drückte genau das aus, was für Anna wichtig war: Sensibilität, Liebe und Verständnis.

„Du bist die beste Zuhörerin der Welt“, hatte ihre Freundin einmal gesagt. „Wenn ich dich und deine guten Ratschläge nicht hätte, wäre ich schon so manches Mal verzweifelt!“

Anna ging zu ihrem Schreibtisch hinüber und stellte sorgsam ihre Schultasche daneben ab. Die Zeit, in der sie ihre Sachen achtlos in eine Ecke geknallt hatte, war schon lange vorüber.

„Ich bin vierzehn“, hatte sie damals gesagt. „Bald werde ich erwachsen sein, und dazu gehört auch, dass Ordnung in meinem Leben herrscht – auch in meinem Zimmer!“

Anna fühlte sich einfach wohler, wenn alles seinen Platz hatte und sie nichts lange suchen musste. So ging sie nun zielstrebig zu ihrem Regal und zog die „Elisabeth“-CD heraus. Gleich darauf schallten die Musical-Songs durchs Haus.

Schon jetzt wollte sie sich auf ihre Rolle vorbereiten und ihre Ferien dazu nutzen, die Texte der Lieder zu lernen.

Musik und Singen, das war ihr Leben! Eigentlich gab es keinen Ort auf Gottes weiter Welt, an dem Anna nicht irgendwann wenigstens zu summen begann. Selbst im Stall trällerte sie frohgemut vor sich hin, wobei Sammy immer aufmerksam die Ohren stellte und sie erstaunt anschaute. Dem Pony schien der Gesang jedoch zu gefallen, denn wenn Anna eine Pause machte, stupste es sie aufmunternd in die Seite, als wolle es sagen: „Hey, bist du etwa schon fertig? Sing gefälligst weiter!“

Anna seufzte. Was war er doch für ein süßer kleiner Kerl. Der Gedanke daran, dass Sammy bald nicht mehr in greifbarer Nähe sein würde, machte sie traurig. So viele wunderschöne Stunden hatte sie mit ihm verbracht, doch bleiben würde nur die Erinnerung und die Fotos, die sie von ihm im Laufe der Zeit gemacht hatte.

Das Mädchen biss sich auf die Lippen, während sein Blick auf den Pferdekalender fiel. Was für ein herrliches Tier ihr da aus sanften, großen Augen entgegenblickt.

Überhaupt, Pferde ... Auch wenn Anna nicht oft ritt, bedeuteten ihr Pferde unwahrscheinlich viel. Es waren einfach wunderbare, sensible Lebewesen, die dem Mädchen immer wieder das Gefühl vermittelten, dass sie genau spürten, wie es ihm ging. Wann immer Anna traurig war, flüchtete sie in den Stall, um von den Pferden Trost zu erfahren. Zum Glück war sie nicht allzu oft bekümmert, sondern sprühte vielmehr vor Fröhlichkeit.

Anna musste bei diesen Gedanken lächeln, dann konzentrierte sie sich wieder auf den Text und versank schon bald darauf in der Welt ihrer Musik.

„He, Any! Kannst du das nicht mal ein bisschen leiser stellen? Ich habe schon drei Mal nach dir gerufen, aber du hörst ja nichts!“ Stefanie, Annas Schwester, lugte mit einem etwas vorwurfsvollen Blick zur Tür herein. „Hier! Mama hat gesagt, dass ich dir das geben soll.“ Sie streckte Anna einen hellblauen Umschlag entgegen.

„Was ist das?“, fragte die.

„Ein Brief, du Dussel! Was sonst?“, sagte Stefanie grinsend, ehe sie sich wieder verzog.

„Ein Brief?“, dachte Anna, während sie den Umschlag ohne Absender unschlüssig hin und her drehte. „Von wem der wohl ist?“ Dann riss sie ihn auf und zog einen bunt bedruckten Briefbogen hervor.

Herzlichen Glückwunsch!, stand hier in einer witzigen Computerschrift.

Du erinnerst dich sicherlich noch an unser Gewinnspiel vom März diesen Jahres, oder? Heute stehen nun die Gewinner fest, und DU bist mit dabei! Freu dich also auf einen einwöchigen Reiterurlaub mit gleich gesinnten Pferdenarren! Den Aufenthaltsort kannst du selbst

bestimmen. Zur Auswahl stehen: der Reiterhof Erpfental, der Haflingerhof Leidenstedt oder aber das Gestüt Hohenhausen. Lass uns innerhalb der nächsten sieben Tage wissen, welchen Hof du bevorzugst und welchen der drei angegebenen Termine du wahrnehmen möchtest. Vorab wünschen wir dir viel Freude mit deinem Gewinn!

Anna starrte wie betäubt auf den Brief, ehe sie sich auf ihren Schreibtischstuhl zurückfallen ließ. Sie konnte ihr Glück kaum fassen. Noch nie zuvor hatte sie etwas gewonnen. Und jetzt? Jetzt durfte sie doch tatsächlich für eine volle Woche auf Kosten des Buchclubs, in dem sie seit einiger Zeit Mitglied war, einen Reiterurlaub verbringen!

„Das ist der Hammer!“, dachte Anna und schüttelte fassungslos ihren Kopf. Zwei Minuten später sprang sie auf und ließ einen lauten Jubelschrei los. Dann rannte sie aus ihrem Zimmer.

„Ich habe gewonnen!“, jubelte sie. „Ich habe einen Reiterurlaub gewonnen! Papaaaa! Hast du gehört?“ Aufgeregt stürmte sie in die Küche, wo ihre Eltern bei einer Tasse Kaffee zusammensaßen. Anna war sich sicher, dass sich vor allem ihr Vater mit ihr freuen würde. Schließlich war er selbst schon seit über dreißig Jahren ein begeisterter Reiter.

„Was ist los?“ Verdutzt schaute Andreas Grillmeier seine jüngste Tochter an.

„Ich habe einen Reiterurlaub gewonnen!“, tönte Anna erneut und wedelte mit dem Brief durch die Luft.

„Zeig mal her!“ Aufmerksam studierten ihre Eltern das Gewinnerschreiben.

Dann meinte Gabriele mit einem Augenzwinkern: „Na, sieht so aus, als seien die Ferien gerettet, oder? Langweilig wird’s dir zumindest in dieser Woche nicht werden.“

„Mir wird’s doch eh nicht langweilig“, behauptete Anna.

„Das Gestüt Hohenhausen hat einen sehr guten Ruf“, meinte Andreas. „Ich war vor zwei Jahren einmal dort. Es liegt in einer einzigartigen Landschaft, und sie haben dort herrliche Pferde. An deiner Stelle würde ich mich dafür entscheiden."

„Echt? Du warst schon mal auf Hohenhausen? Warum war ich nicht dabei? Was hast du denn da gemacht?" Anna stellte tausend Fragen auf einmal.

„Ich war mit Georg dort. Er ließ seine Stute von diesem legendären Garibaldi decken. Erinnerst du dich noch an dieses prachtvolle, schwarze Fohlen, das er dann eineinhalb Jahre später verkauft hat?"

Anna nickte. „Ein Traumpferdchen", schwärmte sie, während sie sich das Bild des Fohlens ins Gedächtnis rief. „Das hätte mir auch gefallen."

„Kann ich mir denken. Du hast sowieso ein Faible für schwarze Pferde."

„Oh ja, vor allem für Friesen!" Annas Augen strahlten noch mehr. „Gibt es auf diesem Gestüt auch Friesen? Oh Mann, das wäre irre!"

„Das kann ich dir nicht genau sagen. Damals habe ich zumindest keinen entdecken können", sagte Andreas nach kurzem Nachdenken.

„Schade! Das wäre jetzt noch der Oberhammer gewesen, aber egal … Ich glaube, ich werde nach Hohenhausen fahren und mir diesen Garibaldi mal anschauen." Anna zeigte auf den Brief. „Und wann darf ich los? Seht mal, der erste Termin ist bereits in zehn Tagen."

„Das ist aber ein wenig kurzfristig", gab Gabriele zu bedenken, doch Andreas zuckte mit den Schultern.

„Es sind Ferien, und wir haben nichts anderes vor. Also was spricht dagegen?"

Anna stieß wieder einen Schrei aus und fiel ihrem Vater um den Hals. „Dann darf ich die Leute vom Buchclub gleich anrufen? Ja?"

Andreas nickte, und schon im nächsten Augenblick hatte sich Anna das Telefon geschnappt und lief davon.

„Und warum ist Kathi diesmal nicht mitgekommen?“, fragte William, der Chauffeur der Gräfin von Hohenhausen, der Ricky Sulai und ihren Freund Marc Magenta mit ihren Pferden Diabolo und Sharazan auf das Gestüt bringen sollte.

„Na ja, sie wollte nun doch lieber bei ihrem Freund bleiben“, antwortete Ricky. „Ich find’s echt schade, aber da kann man nichts machen. Die Liebe zählt wohl doch mehr als ein Gestütsaufenthalt.“

Obwohl es schon ein ungewohntes Gefühl für Ricky und Marc war, dass Kathi nicht mit von der Partie war, freuten sie sich auf die bevorstehende Ferienwoche.

Sieben Tage würden sie mit Gwendolyn, der sechzehnjährigen Enkelin der Gräfin, verbringen dürfen! Sie würden durch die wunderschöne Landschaft, die das Gestüt umgab, reiten, und Gwen hatte außerdem irgendetwas von einem Ritterfest erzählt, das in dieser Zeit in der alten Ruine nahe des Gestüts stattfinden sollte.

Wie ein kleines Kind rutschte Ricky auf dem Beifahrersitz hin und her und sah immer wieder auf die Uhr. Sie konnte es gar nicht mehr erwarten, endlich am Ziel zu sein.

„Du bist ja genauso aufgeregt wie Gwendolyn“, sagte William nach einem Seitenblick auf das Mädchen grinsend. „Die Gräfin wird drei Kreuze machen, wenn ihr endlich da seid. Gwendolyn macht schon alle verrückt.“

„Frag mal, wer mich schon die ganze Zeit verrückt macht, seit er weiß, dass es wieder nach Hohenhausen geht.“ Marc deutete auf seine Freundin.

„Ach, jetzt tu doch nicht so! Schließlich freust du dich genauso wie ich und faselst auch von nichts anderem mehr“, verteidigte sich Ricky.

„Stimmt! Aber ihr Mädels seid da meistens etwas durchgeknallter als wir Jungs."

„He", regte sich Ricky auf. „Das ist so was von fies!"

„Wieso denn? Also, ich meine, wir sind jetzt etwas über eine Stunde unterwegs, und … ähem … wie oft hat Gwen in der Zeit angerufen und gefragt, wo wir sind?"

„Drei Mal. Ja und?"

„Ich könnte schwören, dass dein Handy innerhalb der nächsten zehn Minuten wieder …"

Und als ob das kleine Mobiltelefon nur auf sein Stichwort gewartet hätte, begann es in diesem Augenblick zu klingeln.

Marc und William schütteten sich aus vor Lachen, als Ricky sagte: „Mensch, Gwen, hast du eigentlich zu viel Kohle, dass du so oft mit deinem Handy telefonierst?"

„Nee, aber ich wollte einfach wissen, wo ihr jetzt seid."

„Wir sind jetzt … William, wo sind wir gerade?" Ricky schaute den Chauffeur fragend an.

„Sag ihr, dass wir in einer halben Stunde zu Hause sind."

„Okay. Also wir sind in …"

„Hab's gehört. Mensch du … Ich freu mich so tierisch auf euch!"

„Wir freuen uns auch!"

Marc stieß William an. „Hab ich's nicht gesagt?! Die beiden wiederholen sich ohne Ende. Sie haben sich jetzt schon zum vierten Mal gesagt, dass sie sich freuen. Irgendwann müssen sie es doch mal kapiert haben, oder?"

Die beiden wechselten einen vielsagenden Blick.

Anna war ziemlich aufgeregt, als ihr Vater mit ihr durch das Portal des Gestüts fuhr. Er hatte es sich nicht nehmen lassen, seine Tochter nach Hohenhausen zu bringen, da er nur allzu gerne noch einmal einen Blick auf die wundervollen Pferde der Gräfin werfen wollte.

„Wahnsinn! Hast du diesen herrlichen Hengst gesehen? Sein Fell glänzte in der Sonne wie Gold. Und wie der da steht! Wie ein Denkmal. Boah, so ein Pferd müsste man haben." Anna starrte mit verklärtem Blick Golden Star an, der königlich über seine Koppel blickte, um gleich darauf an den Zaun zu traben.

Ihr Vater feixte. „Na so was! Sind die Friesen jetzt out?"

„Nee, mit Sicherheit nicht! Aber sag doch selbst … dieses Pferd, das ist doch einfach bloß … Wahnsinn!" Anna wollte einfach kein anderes Wort dafür einfallen. Noch niemals zuvor hatte sie eine solche Fellfarbe gesehen.

„Er sieht noch sehr jung aus", bemerkte Andreas. „Aber er wird sicher einmal ein fantastisches Reitpferd. Schau dir nur mal die Gänge an! Es muss traumhaft sein, mit ihm über eine Wiese zu galoppieren, wenn er alt genug ist." Die Augen von Annas Vater bekamen einen schwärmerischen Ausdruck, doch Anna schluckte nur. Der Gedanke an einen Galopp verursachte ihr Magenschmerzen. Noch nie hatte sie sich dabei sicher gefühlt, jedenfalls nicht im Gelände.

Darüber wollte sie sich jedoch nicht mit ihrem Vater unterhalten. Er musste nicht unbedingt wissen, dass es ihr vor jedem Galopp grauste.

„Wow, ist das hier alles schick!", lenkte sie stattdessen vom Thema ab. „Hoffentlich komme ich mir nicht wie Aschenputtel vor."

„Ach was! Hier ist alles genau so, wie es auf einem guten Gestüt sein sollte. Die Anlage ist bis in den hintersten Winkel gepflegt, die Stallungen sind hell und haben riesige Boxen, die Tiere sind in bestem Zustand und es gibt unendlich große Koppeln. Was kann ein Pferdeherz mehr verlangen? Außerdem sind die Leute hier sehr nett … jedenfalls waren sie es damals", erinnerte sich Andreas.

„Na denn!"

Anna und ihr Vater stiegen aus.

„Als Erstes sollten wir dich einmal anmelden."

„Fragt sich bloß, wo." Anna blickte sich suchend um.

„Das Büro ist, soviel ich noch weiß, da drüben." Andreas deutete auf das Haupthaus, dessen Tür gerade aufflog. Ein Mädchen sprang die Treppenstufen mit zwei Sätzen hinunter und kam auf die beiden zugelaufen.

„Hallo, ich bin Gwendolyn! Hab gerade vom Fenster aus das Auto gesehen. Omilein hat gemeint, dass du sicherlich die Gewinnerin des Preisausschreibens bist."

Anna nickte grinsend und packte Gwens ausgestreckte Hand. „Bin ich. Ich heiße Anna."

„Ich weiß!" Gwen lachte zurück. Diese Anna war ihr gleich auf den ersten Blick sympathisch. Dann reichte sie Herrn Grillmeier die Hand. „Falls Sie noch etwas mit meiner Großmutter besprechen wollen, finden Sie sie in ihrem Büro. Durch den Eingang rein, dann gleich die zweite Tür rechts!"

„Deine Großmutter ist die Gräfin?"

Gwen nickte. „Ja", sagte sie, und Anna bekam große Augen. „Wohnst du etwa hier?"

„Ja, schon seit meiner Kindheit."

„Boah, hast du's gut!"

„Genau. Aber du jetzt auch! Zumindest für eine Woche, nicht wahr?"

„Stimmt auch wieder." Anna und Gwen schauten sich in die Augen und wussten, dass sie supergut miteinander auskommen würden, obgleich Gwen zwei Jahre älter war als Anna. Doch was spielte dieser Altersunterschied schon für eine Rolle, wenn die Chemie stimmte.

Die Enkelin der Gräfin hakte Anna unter und zog sie mit sich. „Komm, ich zeige dir alles! Du wirst sehen, es wird dir hier gefallen!"

„Mir gefällt's jetzt schon", antwortete Anna und wollte Gwen folgen, als Andreas die beiden Mädchen bremste.

„Meinst du nicht, du solltest vorher wenigstens die Gräfin begrüßen und dein Gepäck aus dem Auto nehmen?", fragte er lächelnd. „Ich will dann wieder nach Hause."

Anna wurde rot. „Ach ja, meine Sachen! Wohin soll ich die denn stellen?"

Gwen griff sich an die Stirn. „Tut mir leid, Herr Grillmeister. Ich zeige Anna natürlich gleich ihr Zimmer. Ich war schon wieder ganz in meinem Element. Schließlich muss ich die Neuen immer gleich durch das Gestüt führen, damit sie sich hier schnell zurecht finden."

Andreas überhörte grinsend den falschen Namen. Er lud Annas Reisetasche, ihren Rucksack sowie ihre Reitstiefel aus. Anschließend ging er gemeinsam mit den Mädchen ins Haus, um noch kurz mit der Gräfin zu sprechen.

Nachdem Anna die Besitzerin des Gestüts kennengelernt hatte, verabschiedete sie sich von ihrem Vater und machte sich mit Gwen auf den Weg zu ihrem Zimmer, das für die nächsten acht Tage ihr Zuhause sein würde.

„Ich wünsch dir ganz viel Spaß hier!", rief Andreas seiner Tochter noch hinterher, ehe er sich wieder auf den Heimweg machte. Er beneidete sie fast um die schöne Woche, die sie nun auf dem Gestüt verbringen durfte, und es wurde ihm bewusst, dass es auch für ihn vielleicht einmal wieder an der Zeit wäre, etwas auszuspannen und an ein paar Tage Urlaub zu denken.

„So viele Pferde, und die gehören alle deiner Großmutter?" Anna war begeistert. „Mann, Gräfin sollte man sein!"

Gwen lachte. „Ist auch kein leichter Job. Aber nicht alle Pferde gehören ihr. Schau, das dort vorne zum Beispiel ist Florence! Ist sie nicht süß?" Gwen deutete auf die Fohlenweide, wo sich ihre kleine Stute mit dem gleichaltrigen Hidalgo mal wieder ein Wettrennen lieferte. „Und da hinten ist Black Jack.“ Sie zeigte auf die Koppel daneben.

„Ah, die beiden sind klasse! Und wem gehören die?“, wollte Anna von Gwen wissen, während die Sechzehnjährige breit grinste.

„Doch nicht etwa dir, oder?“

Gwen nickte bloß.

„Was für ein Traum.“ Anna seufzte. „So etwas sollte mir mal passieren: auf einem Gestüt zu wohnen, zwei eigene Pferde zu haben und eine Großmutter, die Pferde züchtet.“ Für einen Augenblick blickte sie etwas wehmütig drein, doch gleich darauf strahlte sie schon wieder. „Egal! Ich mag meine Oma sehr, auch wenn sie kein Pferd hat!“

Die beiden Mädchen zwinkerten sich zu, dann bemerkten sie, wie Black Jack ruckartig den Kopf hob und gleich darauf laut wiehernd am Koppelzaun entlangtrabte.

„Was ist denn auf einmal mit dem los?“, wollte Anna wissen. Im selben Moment kam William mit dem Pferdetransporter auf den Hof gefahren.

Gwen gab Anna einen kleinen Schubs und rannte los.

„Ricky kommt!“, rief sie fröhlich. „Ricky und Marc! Endlich! Los, Anna, die musst du gleich kennenlernen! Die beiden sind total nett. Du wirst sie mögen.“

„Himmel, wie ich mich freue!“, jubelte Gwen keine zwei Minuten später und fiel ihrer Freundin um den Hals.

„Das war jetzt das wie vielte Mal, William?“, fragte Marc trocken.

„Ich habe aufgehört zu zählen“, meinte der Chauffeur, während er die Laderampe des Transporters öffnete.

„Hey, wie war die Fahrt? Wie geht’s Lilian? Kann sie schon wieder laufen? Und warum ist Kathi nun doch nicht mitgekommen?“ Die Fragen sprudelten nur so aus Gwens Mund, doch weder Ricky noch Marc konnten so schnell darauf antworten, zumal Gwen gleich weitersprach: „Herrjeh, ich quatsche hier ohne Ende. Holt erst mal eure Pferde raus und bringt sie auf die Koppel! Sie werden froh sein, wenn sie sich die Beine vertreten können. Wir haben später noch Zeit zu erzählen. Das hier ist übrigens Anna. Sie ist auch erst vorhin angekommen.“

Ricky und Marc nickten dem fremden Mädchen, das ein wenig verloren hinter Gwen stand, freundlich zu, doch dann beeilten sie sich, Diabolo und Sharazan aus dem Transporter zu befreien.

„Ho, hoo, langsaaam, Sharazan! Hoppla!“ Marcs Rotfuchs war mit einem großen Satz von der Rampe gesprungen, doch der Junge hielt sein Pferd eisern am Führstrick fest. „Kaum hier, schon will er ausbüxen!“ Mit schmerzvoll verzogenem Gesicht rieb er sich den Oberarm, den er sich bei Sharazans Sprung leicht gezerrt hatte.

Ricky dagegen hatte mit ihrem Diabolo keinerlei Probleme beim Ausladen. Manierlich lief der große Glanzrappe aus dem Transporter und prustete aufgeregt durch die weit geblähten Nüstern.

„Na, mein Junge, alles klar? Du kennst hier doch schon alles. Also mach keinen Aufstand!“ Ricky klopfte ihm beruhigend den Hals.

„Ricky und Marc waren mit ihren Pferden schon öfter hier auf dem Gestüt“, erklärte Gwen Anna, die sich mit einem Mal fragte, ob hier wohl jeder außer ihr ein eigenes Pferd hatte.

„Der ist aber schön“, murmelte sie.

„Ja, und das weiß er auch“, sagte Ricky lachend. „Jetzt guckt doch bloß mal, wie er sich hinstellt! Als ob er hier der King wäre. Mensch, Diabolo, sei nicht so eitel!“

Gwen kicherte. „Er hat ein Recht dazu, eitel zu sein. Und Sharazan auch. Das sind einfach zwei Prachtpferde!“

„Ach, Sharazan ist das wurscht“, winkte Marc ab. „Für den ist bloß wichtig, dass er was zu Fressen hat. Ob er schön ist oder nicht, ist ihm piepegal.“

Bestätigend reckte der Rotfuchs seinen kräftigen Hals und versuchte, an das Gras des Zierrasens zu gelangen, der den Hof umschloss.

„Das hättest du wohl gerne, Alter!“ Marc ruckte entschieden am Führstrick. „Die zwei Minuten, bis du auf der Koppel stehst, wirst du wohl noch warten können, oder?“

„Kommt, stellt die beiden zu Black Jack! Der freut sich immer über Gesellschaft.“ Gwen rannte voraus, um die Koppelstangen für die beiden Gastpferde zu öffnen.

Anna stand für einen Augenblick etwas unschlüssig da, doch dann folgte sie den anderen. Sie hatte irgendwie schon das Gefühl, dazuzugehören, auch wenn sie Ricky und Marc gerade erst kennengelernt hatte und die beiden gute Freunde von Gwendolyn waren.

„Sag mal, Anna …“ Ricky drehte sich im Laufen nach dem Mädchen um. „Wie alt bist du denn?“

„Vierzehn.“

„Genauso alt wie ich. Das ist toll! Und … reitest du schon lange?“

Anna schüttelte den Kopf und legte einen Schritt zu, um zu Ricky aufzuschließen „Nee. Erst eineinhalb Jahre. Ich komme nicht so oft dazu. Ich kann’s auch leider nicht so gut, wie ich es gerne können würde.“

„Wie kann man denn keine Zeit zum Reiten haben?“, fragte Ricky ungläubig. „Ich verbringe meine Freizeit fast ausschließlich im Sattel.“

„Vielleicht wäre es bei mir auch so, wenn ich ein eigenes Pferd hätte“, überlegte Anna.

„Was machst du denn dann den ganzen Tag so?"

Anna lächelte versunken. „Ich singe."

„Du singst? Aber doch wohl nicht vierundzwanzig Stunden am Tag."

„Wenn das möglich wäre, dann würde ich es machen", behauptete Anna ernsthaft. „Ich möchte einmal Sängerin werden. Ich bekomme zu Hause Gesangsunterricht und manchmal darf ich auch schon auftreten."

„Wow, klingt echt gut!" Ricky war beeindruckt. „Wenn du mal berühmt bist, bekomme ich dann ein Autogramm von dir?"

Anna lachte. „Ist ja wohl logisch!"

„Aber im Prinzip könntest du doch auch beim Reiten singen, oder? So ließe sich das eine mit dem anderen verbinden", warf Marc ein.

„Das habe ich auch schon gemacht", antwortete Anna. „Aber irgendwie bin ich beim Reiten nicht so locker, wie ich sein sollte."

„Warum denn das? Gibt doch nichts Lockereres, als mit einem Pferd durch die Gegend zu gondeln."

Annas Stimme wurde leiser, fast so, als würde sie sich ein bisschen dafür schämen, dass sie keine so gute Reiterin war. „Hmm, vielleicht liegt es daran, dass ich erst ein paar richtige Reitstunden auf dem Platz hatte. Bei mir zu Hause hat man nämlich nur die Möglichkeit, ins Gelände zu gehen, und da habe ich ehrlich gesagt Angst zu galoppieren."

Die Jugendlichen hatten die Koppel erreicht, und in dem Moment, als Ricky und Marc ihre Pferde losließen, preschten Diabolo und Sharazan auch schon davon, den verdutzten Black Jack, der am Gatter gewartet hatte, weit hinter sich lassend.

Anna deutete auf die Pferde. „Wenn ich mir vorstelle, dass ich da jetzt draufsitzen müsste, wird mir schwindelig."

„Ach was“, meinte Gwendolyn. „Wenn du erst ein paar Mal auf Imola geritten bist, wirst du vor keinem Galopp mehr Angst haben. Das garantiere ich dir. Imola ist eine Lebensversicherung im Gelände.“

„Wenn du meinst.“ Anna war sich nicht so sicher, ob Gwen recht behalten würde.

„Schau, wenn du nicht galoppieren möchtest, dann gibt’s hier echt ein Riesenproblem. Auf unseren Ausritten sind auch andere Feriengäste mit dabei, und die bestehen natürlich auf einen Galopp. Um richtig zu reiten, sind sie ja schließlich hergekommen“, erklärte Gwen, doch als sie Annas verzweifelten Blick sah, fügte sie rasch hinzu: „Keine Angst! Wir kriegen das schon hin. Ich werde dir ein paar Stunden auf dem Platz geben, bis du dich sicher fühlst. Du wirst sehen, dass es danach für dich nichts Schöneres geben wird, als mit Imola über einen Wiesenweg zu preschen.“

„Außer vielleicht Singen“, fügte Ricky spontan hinzu und erntete damit auch Annas lachende Zustimmung.

Kapitel 2

„Kommt, lasst uns ins Haus gehen!“, forderte Gwen ihre Freunde auf, nachdem sie noch eine ganze Weile ihre Pferde auf der Koppel beobachtet hatten und nun sichergehen konnten, dass es zwischen Diabolo, Sharazan und Black Jack keinerlei Reibereien geben würde. „Es ist heute schon wieder so warm, dass ich förmlich in Vanilleeis baden könnte. Habt ihr Lust?“

„Auf was? Auf Baden in Eiscreme?“

„Na ja, mehr oder weniger. Soviel ich weiß, hat unsere Köchin in weiser Voraussicht gestern noch die Gefriertruhe mit neuen Eisspezialitäten gefüllt.“ Gwen schaute Marc von der Seite an und grinste. „Sie hat sich wohl daran erinnert, dass du sowieso immer für drei isst.“

„Ach was! Ich doch nicht! Sicherlich hast du ihr das nur eingeredet“, versuchte Marc sich zu verteidigen.

Doch Gwen und Ricky waren sich einig: Marc war ein Vielfraß und würde wohl auch immer einer bleiben, zumindest wenn es um Steaks vom Grill, um die herrlichen Kuchen seiner Mutter oder um Eis in jeglicher Variation ging.

„Eis ist eine prima Idee!“ Ricky war begeistert. „Das ist das Einzige, was mich im Augenblick davon abhalten kann, sofort zu Golden Star zu stürmen und nach meinem Zweitliebling zu sehen.“ Sie drehte irritiert den Kopf hin und her.

„Sag mal, Gwen, stand der vorhin nicht noch auf der Koppel? Also ich meine, als wir mit William hier angekommen sind? Oder spinne ich jetzt komplett?“

„Nee, nee, der war vorhin schon draußen, aber Marius wollte ihn noch in der Halle longieren. Wahrscheinlich hat er ihn geholt, als wir Diabolo und Sharazan gerade auf die Koppel verfrachtet haben.“

„Dann lass uns doch noch schnell in der Halle vorbeigehen“, bat Ricky, doch Gwen schüttelte den Kopf.

„Besser nicht. Golden Star hat sich etwas ganz Dummes angewöhnt. Immer wenn irgendjemand auf der Tribüne sitzt und beim Longieren zuschaut, dann macht er alles andere als das, was von ihm verlangt wird. Man hat fast das Gefühl, dass er mit diesem Verhalten allen zeigen will, dass er sich niemals einem Menschen unterordnen wird. Wenn man ihn allerdings alleine longiert, ist er das folgsamste Pferd der Welt.“

Widerstrebend gab Ricky nach, obwohl sie sich schon die ganzen letzten Wochen darauf gefreut hatte, IHR Fohlen, bei dessen Geburt sie geholfen hatte, endlich wiederzusehen. Natürlich war das damals so kleine, hilflose Tier mittlerweile zu einem recht stattlichen Junghengst herangewachsen, und Ricky war bei jedem ihrer Besuche auf dem Gestüt unwahrscheinlich gespannt, inwieweit sich der junge Fuchs seit dem letzten Mal weiterentwickelt hatte.

„Wir gehen nachher zu ihm. Versprochen!“ Gwen stieß die Haustür auf. „Jetzt überfallen wir erst mal Omilein. Sie wird sich sehr freuen, euch wiederzusehen. Und dann, dann plündern wir Annas Eisvorrat!“

„Wie jetzt? Annas Eisvorrat?“ Anna sah Gwen etwas verdutzt an.

„Huch, hab ganz vergessen, dass du ja auch Anna heißt! Also, dann ist unsere Köchin jetzt Anna 1 und du bist Anna

2, damit es keine Verwechslungen gibt“, entschied die Enkelin der Gräfin lachend und steuerte auf das Büro ihrer Großmutter zu.

„Okay, also wenn ich das jetzt richtig verstanden habe, dann geht Anna 2 jetzt in die Küche, um das Eis von Anna 1 zu vertilgen, und zwar noch bevor Marc alles allein aufgefuttert hat.“ Ricky blinzelte Anna 2 zu, doch die winkte ab.

„Anna 2 klingt doof. Ihr könnt Any zu mir sagen. Das ist zu Hause mein Spitzname.“

„Any klingt nett. Gefällt mir.“ Gwen lächelte. „Ach, vielleicht sollten wir Gisi und Jasmin an unserer Eis-Orgie teilnehmen lassen“, überlegte sie dann. „Die wären bestimmt schwer enttäuscht, wenn sie nichts abbekommen würden.“

„Wer sind denn die beiden?“, wollte Marc wissen.

„Das sind zwei Mädels, die schon seit fünf Tagen hier sind und noch eine Woche bleiben. Eigentlich sind sie ganz nett, aber man muss aufpassen, dass sie einen nicht überrollen“, erklärte Gwen.

„Überrollen? Wie meinst du das?“

„Nun ja, sie fühlen sich hier wie zu Hause. Das ist einerseits ja gut, andererseits aber hat es den Nachteil, dass sie immer bestimmen wollen, wo’s langgeht, wann geritten wird und was man sonst noch alles unternehmen soll. Wenn wir aber etwas anderes geplant haben, dann sind sie schon mal für zwei Stunden sauer, und das nervt ziemlich! Vor allem Jasmin ist echt zickig. Gisi läuft da eher mit.“ Gwen zuckte mit den Schultern. „Ist aber nicht so schlimm, wie es sich anhört. So, jetzt aber erst mal hier rein!“ Sie öffnete die Bürotür. „Omilein, guck mal, wer da ist!“

Die Gräfin schaute von ihren Unterlagen hoch und atmete befreit auf. „Endlich!“ Sie erhob sich und reichte Ricky und Marc die Hand. „Wie bin ich froh, dass ihr hier seid!

Gwen war in den letzten Tagen unausstehlich." Sie blinzelte ihrer Enkelin zu.

„Ach was", wiegelte Gwen ab. „Sooo schlimm war's nun auch wieder nicht."

„Hast recht", bestätigte die Gräfin. „Es war NOCH schlimmer!"

„Glaubt ihr kein Wort!", beschwor das Mädchen seine Freunde. „Ihr bekommt nachher auch einen Schlag Sahne mehr auf das Eis."

„Was? Bestechen willst du uns auch noch?" Marc kicherte vor sich hin. „Mal gucken, was du uns sonst noch anbietest, wenn wir dich noch eine Weile schmoren lassen."

„Marc, du bist unmöglich!", schimpfte Ricky mit ihrem Freund.

„Gib's zu – das ist genau der Grund, weswegen du mich so magst!"

Die Gräfin ließ sich wieder hinter ihrem Schreibtisch nieder. „Ihr habt ja jetzt eine Woche Zeit, dieses Thema zu erörtern", schmunzelte sie. „Wenn's euch nichts ausmacht, würde ich jetzt gerne noch ein wenig weiterarbeiten! Wir werden nachher noch genügend Zeit haben, uns zu unterhalten. Schließlich möchte ich wissen, wie es meiner guten Freundin Caroletta auf ihrer Mercy-Ranch geht, und natürlich auch, was Lilians Gesundheit macht."

„Den beiden geht's prima!", gab Ricky eine rasche Vorabinformation, ehe Gwen alle nach draußen schob.

„Das beruhigt mich", rief die Gräfin den Freunden hinterher, dann wandte sie sich umgehend wieder ihren Dokumenten zu, die vor ihr auf einem großen Haufen auf dem Schreibtisch lagen und nur darauf warteten, bearbeitet zu werden.

„Man sollte vier Hände haben", seufzte Eleonore von Hohenhausen und machte sich wieder an ihre Büroarbeit.

Andreas Grillmeier befand sich auf der Rückfahrt nach Hause, als er plötzlich beschloss, noch einen Abstecher zu einem früheren Freund zu machen, der nur wenige Kilometer vom Gestüt der Gräfin entfernt lebte.

So bog er also kurzerhand ab und gelangte schon zwanzig Minuten später zu einem kleinen, umgebauten Bauernhof, der von weiten Koppeln umgeben war.

„Mensch, Andreas, mit dir hätte ich am allerwenigsten gerechnet! Was machst DU denn hier?“ Holger Amstetter schlug seinem alten Freund hocherfreut auf die Schulter.

„Meine Tochter macht Reiterferien auf dem Gestüt Hohenhausen, und da dachte ich, ich schau einfach mal bei dir vorbei und vergewissere mich, dass es dich noch gibt“, sagte Annas Vater grinsend.

„Klar gibt’s mich noch! Wär ja auch noch schöner. Junge, du kommst gerade recht! Wir haben eben den Grill angeworfen.“

„Weiß ich doch! Bin einfach den Rauchzeichen gefolgt.“

Die beiden Männer blinzelten sich zu und liefen um das Haus herum.

„Schön hast du’s hier“, stellte Andreas anerkennend fest. „Alles renoviert, wie?“

„Ja. War auch bitter nötig.“

„Und was machen deine Haflinger?“

Holger grinste. „Da gab’s auch eine Änderung … Keine Hafis mehr! Ich züchte seit zwei Jahren Friesen.“

„Was, so lange haben wir schon nichts mehr voneinander gehört? Gibt’s ja nicht! Friesen züchtest du? Wenn das meine Tochter Anna hört. Sie liebt Friesenpferde sehr!“

„Wenn das so ist, dann musst du einfach mal mit deiner Familie hier Urlaub machen“, schlug Holger vor. „Wenn ihr mit dem Gästezimmer und ein paar Matratzen vorlieb nehmen wollt.“

„Klingt gut“, antwortete Andreas nach kurzem Überlegen. „Allerdings glaube ich nicht, dass ich Gabriele, Manuela und Katharina dazu überreden kann. Ich habe es leider immer noch nicht geschafft, die drei zu Reitern zu machen. Stefanie und Anna dagegen würden sicherlich gerne mitkommen.“

„Ach was.“ Holger winkte ab. „Wer nicht reiten möchte, kann wandern oder auch zum Schwimmen gehen. Es gibt hier ganz in der Nähe einen herrlichen Bergsee, der zwar etwas kalt, aber dafür traumhaft schön ist.“

„Das könnte meine Mädels schon eher reizen“, erwiderte Andreas lachend und ließ sich dann erst einmal die Pferde zeigen.

„Wow, was für Prachtexemplare du hier stehen hastŃ“, rief er aus, nachdem er die Friesenzucht in Augenschein genommen hatte. „Der hier ist ja gigantisch!“ Er deutete auf einen kräftigen Friesenhengst mit langer, locker geflochtener Mähne und einem üppigen Schweif, der fast bis zum Boden reichte. „Wenn ich den sehe, beginne ich, Annas Schwärmerei zu verstehen.“

„Das ist Shadowdancer“, erklärte Holger. „Er ist der Vater aller Fohlen, die du hier siehst, und er ist ein selten braver Hengst, mit dem man problemlos auch neben Stuten herreiten kann, ohne Angst haben zu müssen, dass er ausflippt. Er ist wirklich das Beste, was mir je passieren konnte. Nicht wahr, mein Guter? Du bist ein gaaanz Braver!“ Holger klopfte dem kraftvollen Tier den Hals und ließ es zu, dass Shadowdancer seinen Kopf in ungestümer Liebe an seiner Brust rieb.

„Der ist wirklich umwerfend“, fand Andreas. „Ein herrliches Tier, dein Shadowdancer! Der Name passt perfekt zu ihm.“

„Ja, das stimmt. Weißt du was? Am nächsten Wochenende finden an der alten Ruine wieder die Ritterspiele statt. Ein Riesenspektakel ohne Ende! Ist immer sehr lustig und macht wahnsinnig Spaß! Kommst du auch? Ich werde dieses Jahr mit Shadowdancer teilnehmen. Der macht als Ritterpferd sicherlich was her."

Andreas nickte zustimmend. „Er wird prächtig aussehen. Das mit dem Spektakel hört sich prima an. Sollte ich mir wirklich anschauen. Und wenn es am nächsten Wochenende stattfindet, dann passt's ja sowieso perfekt, da ich Anna am Sonntag eh wieder abholen muss."

Holger winkte Andreas, ihm weiter Richtung Veranda zu folgen. „Du wirst es nicht bereuen! Kannst du nicht schon ein paar Tage früher Urlaub machen? Ich fände es sehr schön, mal wieder in aller Ruhe über alte Zeiten zu quatschen – natürlich vom Sattel aus!"

Annas Vater zögerte für einen Moment, dann nickte er langsam. Die Vorstellung, ein paar Tage dem Stress seiner Schlosserei zu entfliehen und ein paar lockere Stunden mit seinem früheren besten Freund zu verbringen, war für ihn sehr reizvoll. „Warum eigentlich nicht?", antwortete er dann spontan. „Ich nehme dein Angebot gerne an!"

„Super! Ich suche nämlich noch einen ‚Knappen', der dem ‚Schwarzen Ritter' alles nachträgt und ihm mit seiner schweren Rüstung in den Sattel hilft, wenn das Spectaculum beginnt!" Holger feixte.

„Ach!" Andreas stemmte seine Hände in die Seiten. „So ist das also! Ich dachte, du hast mich eingeladen, weil wir Freunde sind. Doch du willst mich nur als Knappen haben. Das hätte ich mir ja gleich denken können."

„Ja logisch! Oder hast du etwa was anderes von mir erwartet?"

„Nee!"

Beide grinsten sich breit an, wohl wissend, dass sie sich

immer noch so gut verstanden wie damals in ihrer Jugend, als ihre Freundschaft begonnen hatte.

„Aber jetzt lass uns die Steaks auf den Grill werfen, und dann schauen wir mal, wo Monika steckt. Sie wird sich ebenfalls freuen, dich zu sehen!“

„Bist du sicher?“

„Na klar! Schließlich warst du es, der sie früher stets aufgebaut hat, wenn sie wegen mir wieder mal am Verzweifeln war.“

„Ach, und das ist sie jetzt nicht mehr?“, fragte Andreas neckend.

„Ich habe ihr Shadowdancer geschenkt, damit sie keinen Grund mehr hat, mich nicht zu lieben“, sagte Holger todernst, woraufhin beide Männer in schallendes Gelächter ausbrachen.

Gisi und Jasmin starrten mit glänzenden Augen und einem faszinierten Blick auf Marc, der sich wie der Hahn im Korb vorkam und einen blöden Witz nach dem anderen riss, um die Mädels zum Lachen zu bringen.

„Guck mal, wie der sich aufführt“, wisperte Gwen Ricky zu. „Ist der zu Hause auch so drauf?“

Ricky zuckte mit den Schultern. „Manchmal. Seine Witze kenne ich jedoch mittlerweile schon auswendig, und ehrlich gesagt finde ich sie schon gar nicht mehr lustig.“

„Du bist jetzt aber nicht eifersüchtig, oder?“

„Nee! Auf die beiden muss ich nun wirklich nicht eifersüchtig sein. Die sind einfach nur kindisch.“

Gwen schob ihr den Vanilleeis-Becher zu. „Hier, nimm noch was! Wenn du unter Eis-Drogen stehst, dann können dich auch Marcs olle Witze nicht mehr schocken.“

Anna lehnte sich auf ihrem Stuhl zurück und legte ihre Hand über den Bauch. „Oh Mann, ich bin so voll … mir ist richtig schlecht vom vielen Eis. Gwen, du hättest die vierte Packung nicht auch noch öffnen sollen!“

„Also mir reicht’s jetzt auch.“ Ricky stand auf. „Ich muss mir unbedingt ein wenig die Beine vertreten. Mal schauen, ob Diabolo und Sharazan noch da sind, und Golden Star ist jetzt auch fällig!“

„Okay!“

„Und uns fragt keiner, ob wir schon satt sind?“, bemerkte Marc mit einem Seitenblick auf Gisi und Jasmin.

„Ihr könnt die Packung ja noch leer machen. Ich für meinen Teil gehe jetzt zu den Pferden.“ Ricky verständigte sich mit Gwen und Anna durch einen Blick, und kurz darauf verließen die drei die Küche. Marc, Gisi und Jasmin dagegen steckten tatsächlich noch einmal ihre Löffel in die angebrochene Eispackung …

„Marc ist beim Essen echt ein Nimmersatt. Wie ein Fass ohne Boden. Ich wundere mich immer wieder, wie er es schafft, seine gute Figur zu halten.“ Ricky blickte mit einem Stöhnen an sich hinunter. „Bei mir bleibt alles gleich auf den Hüften hängen.“

„Quatsch mit Soße! Du bist gertenschlank. Was willst du eigentlich?“ Anna konnte Rickys Bemerkung nicht verstehen.

„Na ja, ich … oh, da ist er ja!“ Rickys Aufmerksamkeit richtete sich auf Golden Star, der wieder auf seiner Koppel stand und wiehernd an den Zaun galoppiert kam, als Ricky ihn rief.

„Kaum zu glauben“, meinte Gwen. „Jetzt bist du so selten hier, und trotzdem kommt er sofort zu dir. Kuno und Marius müssen ihn erst zehn Mal rufen, bis er reagiert!“

„Wer ist Kuno?“, wollte Anna wissen.

„Na ich! Wer sonst?“, erschallte da eine tiefe Stimme hinter dem Mädchen, das erschrocken herumfuhr.

Gwen lachte. „Daran musst du dich gewöhnen, Anna. Kuno ist immer dort, wo man ihn am allerwenigsten vermutet."

„Oh … aha …" Anna lächelte etwas gezwungen. Sie wusste nicht, was sie von Gwens Äußerung halten sollte. Doch bald schon sollte sie merken, dass der Stallknecht ein liebenswerter Mensch war, der die Feriengäste nicht nur zum Lachen brachte, sondern auch stets darum bemüht war, ihnen in irgendeiner Form behilflich zu sein. Wann immer sie Schwierigkeiten mit dem Satteln oder Fragen in Bezug auf die Pferde hatten, stand er ihnen mit Rat und Tat freundlich zur Seite.

„Und? Wann geht's ins Gelände?", fragte er gerade. „Ich bin es gar nicht gewohnt, euch nicht zu Pferd zu sehen." Er blinzelte Ricky zu.

„Wir sind ja gerade erst angekommen", gab die grinsend zurück.

„Das hat bei euch nicht viel zu sagen."

„Stimmt! Am liebsten würde ich Diabolo ja sofort satteln und die Gegend um die Ruine unsicher machen. Bei unseren letzten Besuchen sind wir immer bloß in einiger Entfernung daran vorbeigeritten. Aber ich denke, die Pferde haben nach der Fahrt jetzt ein wenig Ruhe auf der Koppel verdient. Oder was meinst du, Gwen?" Ricky wandte sich an ihre Freundin.

Die Sechzehnjährige nickte. „Ja. Wir lassen die beiden erst mal noch ein wenig stehen, aber heute gegen Abend könnten wir noch einen schönen Ritt ins nahe Gelände unternehmen. Vielleicht mal wieder zur alten Mühle."

„Ooch … die Mühle können wir doch auch ein anderes Mal besuchen, oder? Warum nicht zur Ruine?"

„Weil da gerade die Vorbereitungen zu den Ritterspielen laufen", antwortete Kuno.

„Ach ja, du hast ja mal davon erzählt, Gwen. Aber ich dachte, die Ritterspiele finden nur alle zwei Jahre statt?“ Ricky schaute Gwen erstaunt an. „Hast du nicht bei unserem letzten Besuch gesagt, dass es erst wieder im nächsten Jahr ein Spectaculum gibt?“

„Ja, das war auch so geplant. Allerdings war die Nachfrage nach dieser Veranstaltung so groß, dass sich der Stadtrat breitschlagen lassen hat, das Ganze nun doch jährlich durchzuführen.“

„Hast du mit Diabolo schon das Ringstechen geübt? Oder den Lanzen-Weitwurf?“, fragte Kuno.

„Lanzen-Weitwurf? Wie jetzt? Was ist denn das?“

„Das ist ein Gag, den sich die „Ritter“ von Hohenhausen als neues Spiel ausgedacht haben. Es ist eigentlich nichts anderes als eine Art Speerwerfen vom Pferd aus.“

„Das klingt ja witzig. Und alles womöglich noch in Rüstung, oder?“ Ricky stellte sich gerade die behäbigen Ritter vor, die sich in ihrer metallenen Überbekleidung ja sowieso nur in begrenztem Maße bewegen konnten. Sie wollte schon eine ironische Äußerung machen, als ihr erst richtig bewusst wurde,was Kuno gesagt hatte.

„Wieso Diabolo? Was hat mein Pferd denn mit den Ritterspielen zu tun?“

Kuno sah Gwen an. „Sag bloß, du hast deinen Freunden nichts verraten!“

„Nee! Und jetzt hast du den Gag versaut.“ Gwen verzog ihr Gesicht. So etwas Blödes aber auch! Da hatte sie es sich so lustig vorgestellt, ihre Freunde vor vollendete Tatsachen zu stellen, und jetzt musste Kuno alles ausplappern. Ihre ganze Überraschung war nun natürlich für die Katz.

„Oh, das tut mir jetzt aber leid!“ Kuno schien wirklich zerknirscht, als er Gwens enttäuschtes Gesicht sah, doch schon im selben Moment lachte sie wieder.

„Ach, was soll's! Ich hätte es dir sagen müssen, dass ich eine Überraschung plane, also bin ich selbst schuld."

Ricky und Anna verstanden nur Bahnhof.

„Könnte uns bitte mal jemand aufklären?"

„Und uns auch", ertönte die Stimme von Marc. Unbemerkt war er mit den beiden anderen Ferienmädchen hinter Ricky aufgetaucht.

„Äh ... ich erkläre es euch später", meinte Gwen da mit einem beschwörenden Blick zu Kuno. Marc war absolut kein Freund von Reiterspielen, weil er immer das Gefühl hatte, sich vor den Zuschauern zu blamieren. Daher war es sicherlich besser, ihn schonend darauf vorzubereiten, dass er an den Ritterspielen teilnehmen sollte.

„Na gut." Ricky ließ das Thema einfach auf sich beruhen.

„Wollten wir nicht zu Golden Star?", fragte Anna. „Und dann würde ich gerne auch einmal Garibaldi sehen. Mein Vater kennt ihn und hat so von ihm geschwärmt, dass ich ganz neugierig auf ihn bin."

„Dann mal los", meinte Gwen und beeilte sich, ihre Besucher von Kuno loszueisen.

„Garibaldi bekommt heute noch ‚Damen-Besuch'", rief Kuno den Freunden hinterher. „Gwen, wenn du Marius siehst, dann richte ihm bitte aus, dass der Hengst im Stall bleiben muss. Die Stute kommt in etwa einer Stunde."

„Okay, mach ich!" Gwen nickte, dann verzog sie sich mit der ganzen Ferienmeute zu den Koppeln. Unterwegs erzählte sie Gisi, Jasmin und Anna, was es mit Golden Star und Ricky auf sich hatte.

„... und die zwei sind jetzt ganz dicke Freunde", schloss sie ihre Erklärung ab, als sich die Mädchen darüber wunderten, wie unbefangen Ricky unter den Koppelstangen hindurch zu dem Junghengst trat und ihn in die Arme schloss.

„Das ist eine absolute Ausnahme!", beeilte sich Gwen zu

sagen. „Ihr dürft normalerweise nicht einfach die Koppeln betreten und schon gleich gar nicht die Hengstweiden! Das ist sehr gefährlich!“

„Der sieht aber gar nicht gefährlich aus“, meinte Jasmin. „Ich möchte ihn auch gerne einmal streicheln.“

„Das kannst du auch, aber bitte nur, wenn er ans Gatter kommt oder wenn er im Stall steht“, ordnete Gwen mit strenger Stimme an, die Ricky und Marc sofort an die Gräfin erinnerte. Wenn die resolute ältere Dame etwas sagte, war ganz klar, dass es absolut keinen Widerspruch geben durfte.

„Gleiches Recht für alle“, meinte da jedoch Gisi und deutete auf Ricky. „Wenn es für uns zu gefährlich ist, die Koppeln zu betreten, dann gilt das doch auch für sie, oder?“

„Ich hab euch doch vorhin erzählt, dass Ricky und Golden Star sich kennen, seit er auf der Welt ist, und eine ganz besondere Verbindung zueinander haben. Aber davon abgesehen würde Ricky niemals ohne eine ausdrückliche Erlaubnis allein eine unserer Koppeln betreten. Es ist hier einfach ein ungeschriebenes Gesetz – zur Sicherheit der Pferde, aber auch zur Sicherheit unserer Gäste –, dass ihr euch den Pferden nur im Stall nähert. Und das nur zu bestimmten Zeiten und nach Absprache mit uns!“ Gwen schaute auch Anna eindringlich an. „Und daran haltet ihr euch bitte auch!“

Anna nickte. „Klar, kein Problem!“ Sie lehnte sich auf die Koppelstangen und beobachtete Golden Star mit schimmernden Augen. Er war einfach das Traumpferd schlechthin, und bei seinem Anblick vergaß sie sogar für einen Moment ihre heiß geliebten Friesen, die für sie die absolut schönsten Pferde der Welt waren.

„Also, ich hoffe, dass ich mich deutlich genug ausgedrückt habe“, sagte Gwen. Doch als sie sah, wie Jasmin und

Gisi ihre Köpfe zusammensteckten und tuschelten, war ihr klar, dass sie diese beiden Mädchen doch besser im Auge behalten würde. Bei ihnen konnte man sich nicht sicher sein, ob sie sich nicht einfach über Anweisungen hinwegsetzen würden.

„Ich werde Marius und Kuno bitten, Acht zu geben, dass die beiden keinen Unsinn anstellen", dachte Gwen.

„Darf ich nun auch Garibaldi sehen?", fragte Anna, als Ricky wieder bei ihnen war.

„Natürlich! Garibaldi ist eines unserer ganz besonderen Schmuckstücke", sagte Gwen nicht ohne Stolz.

„Ja." Ricky grinste. „Und jetzt gibt es von ihm wieder für eine Woche eine Doppelausgabe!"

„Wie meinst du das?", wollte Anna wissen.

„Wirst du gleich sehen." Ricky, Marc und Gwen blinzelten sich wissend zu. Dann liefen sie zum Hengststall hinüber.

Als sie den Stallgang betraten, streckten ihnen die Deckhengstanwärter ihre wunderschönen Köpfe über die Boxentüren entgegen.

Shakir, Cheops, Karim und Phoenix wieherten laut und sahen die Jugendlichen, die in angemessenem Abstand den Gang entlangliefen, mit großen, neugierigen und aufmerksamen Augen an. Lediglich Gwen trat an die Pferde heran, strich ihnen sanft über die weichen Nüstern und sprach mit jedem ein paar Worte, während sie den Gästen Namen und Abstammung der Hengste nannte.

„So, und das ist nun Garibaldi", sagte sie wenig später und zeigte auf den rabenschwarzen Deckhengst des Gestüts, der am Ende der Boxenreihe untergebracht war.

„Aber … ist das nicht dein Pferd, Ricky?" Erstaunt flog Annas Blick zwischen Garibaldi und dem Mädchen hin und her.

Diabolos Besitzerin lachte. „Genau das meinte ich vorhin mit der ‚Doppelausgabe'!"

Gwen nickte zustimmend. „Das ist wirklich ein Phänomen. Diabolo und Garibaldi sehen sich zum Verwechseln ähnlich."

„Ja, leider!" Ricky würde niemals vergessen, wie Diabolo zur Beute zweier Pferdediebe geworden war, die eigentlich Garibaldi hatten stehlen wollen. Aber das war zum Glück schon lange her, und das Mädchen hatte nicht vor, auch nur einen Augenblick seiner Ferienwoche an vergangene trübe Stunden zu denken.

„So, ich denke, wir gehen mal rüber in den Stutenstall, und ich zeige dir jetzt das Pferd, das wir dir für die Zeit deines Aufenthalts hier zugeteilt haben." Gwen nickte Anna zu. „Imola ist superlieb, und ich bin mir sicher, dass sie dir gefallen wird."

„Ich finde Aida viel schöner", sagte Jasmin und grinste breit. „Wer zuerst kommt, mahlt zuerst! Ich konnte sie mir selbst aussuchen. Mir war kein Pferd ‚zugeteilt' …"

„Imola wäre mir auch zu langsam. Mit Mijou kann man dagegen so richtig schön über die Wiesenwege brettern. Das ist voll geil!", fügte Gisi hinzu.

Bei dieser Aussage wurden Annas Knie butterweich. Allein der Gedanke an einen Geländegalopp genügte, um sie nervös werden zu lassen.

Gwen wechselte mit Ricky und Marc einen schnellen Blick. „Jeder bekommt hier das Pferd, das zu ihm passt!", sagte sie bestimmt. „Und für Anna ist Imola genau das Richtige!"

„Imola ist eine richtige Schlaftablette", stichelte Jasmin weiter.

„Sag mal, könntest du jetzt vielleicht damit aufhören, das Tier schlechtzumachen? Nur, weil es dir zu langsam ist, heißt das noch lange nicht, dass Anna nicht mit ihm glücklich werden kann!" Ricky konnte es sich nicht verkneifen, ihre Meinung zu sagen. Dann wandte sie sich an Anna. „Imola ist eine ganz Süße. Ich mag sie sehr."

Mittlerweile waren die Freunde am Stutenstall angekommen, wo Marius eben dabei war, die Tiere auf die Koppeln hinauszuführen.

„Sollen wir dir helfen? Wir haben gerade eh nichts zu tun!", rief Gwen dem Mann entgegen.

„ Ja, das wäre prima", gab Marius zurück. „Na sowas, Ricky und Marc sind auch wieder hier! So langsam habt ihr auf dem Gestüt wohl euer zweites Zuhause, oder?"

„Sieht so aus. Hallo, Marius. Alles klar?"

„Na klar ist alles klar! Kannst du mir Imola abnehmen?" Er hielt Ricky den Führstrick hin, die ihn jedoch gleich an Anna weitergab.

„Hier", sagte sie. „Dein Pferd!"

„Oh, ähem … wow, ist die groß!" Anna packte den Strick und spürte, wie schnell ihr Herz klopfte. Auf so einem Riesentier hatte sie noch niemals vorher gesessen.

Imola wandte ihren Kopf und schaute das Mädchen neugierig aus sanften Augen an.

„Marius, wir lassen Imola, Aida und Mijou im Stall", sagte Gwen. „Wenn wir die anderen Stuten zur Koppel gebracht haben, können Gisi, Jasmin und Anna mit ihren Pferden noch ein paar Runden auf dem Platz drehen."

„Wie du meinst. Du bist Anna, oder?" Marius wandte sich freundlich an das Mädchen. „Dann komm mal mit! Ich zeige dir gleich, wo Imola steht."

Marius und Anna verschwanden mit der Stute im Stall, während Jasmin und Gisi lange Gesichter machten.

„Warum sollen wir auf dem Platz reiten? Das ist doch ätzend langweilig", moserte Jasmin.

„Ich habe eigentlich auch keinen Bock drauf, immer im Kreis rumzuschaukeln", pflichtete Gisi ihrer Freundin bei.

„Gibt's eigentlich auch mal einen Moment, in dem ihr euch nicht einig seid?", fragte Gwen. „Wenn ihr keine Lust dazu habt, dann lasst es einfach bleiben! Aber jetzt geht's noch nicht ins Gelände! Ich dachte nur, ich tue euch einen Gefallen, wenn ihr schon mal ein wenig reiten dürft, auch wenn's nur auf dem Platz ist. Na ja, zwingen werde ich euch bestimmt nicht. Aber Anna darf sich jetzt auf jeden Fall in der Bahn an Imola gewöhnen, damit sie auch bald fit fürs Gelände ist."

„Was soll das heißen? Sag bloß, sie ist noch nie draußen geritten?" Jasmin zog einen Flunsch.

„Uii, wenn wir einen Geländeanfänger dabeihaben, ist's aus mit den schönen, schnellen Ritten!" Auch Gisi seufzte.

„Himmel, was habt ihr denn für Probleme? Habt ihr nicht auch irgendwann einmal angefangen? Oder seid ihr gleich als perfekte Reiter auf die Welt gekommen?" Marc wurde das ewige Gestichel der beiden Mädchen nun auch langsam zu viel.

„Diese Anna hat viel zu viel Angst!", behauptete Jasmin. „Das sieht doch ein Blinder mit Krückstock."

„Ja, für die ist selbst Imola noch zu schnell." Gisi nickte Jasmin zustimmend zu.

„Also, es ist gewiss noch kein perfekter Reiter vom Himmel gefallen. Es wäre nett, wenn ihr etwas freundlicher wärt!" Gwens Geduld hatte nun auch ein Ende. „Anna hat diese Reiterferien hier gewonnen, und ich möchte, dass sie Spaß daran hat …"

„Oha! Sie hat die Ferien gewonnen? Na klasse! Also hat sie wahrscheinlich gar nichts mit Reiten am Hut … Aber Gewinn ist Gewinn, da kann man nichts machen. Man muss diese Zeit eben absitzen, ob man will oder nicht. Wetten, dass sie jetzt viel lieber etwas anderes tun würde, als Imola zu satteln? Gisi, hast du ihr Gesicht beobachtet, als sie Imola gesehen hat? Die hat so was von Angst!“

„Quatsch keinen Käse, Jasmin, sie hat keine Angst“, raunzte Gwen. „Und nun gebt endlich Ruhe! Das hält ja keiner aus. Überlegt euch lieber, ob ihr Aida und Mijou jetzt reiten wollt oder nicht. Wenn nicht, bringt sie auf die Koppel zu den anderen Pferden! Anna kann auch ohne euch mit Imola auf den Platz gehen.“

Jasmin und Gisi schauten sich nur schweigend an, dann liefen sie in den Stall, um die beiden Stuten auf die Weide zu bringen.

„Und sie hat doch Angst!“, wiederholte Jasmin, als sie mit Gisi außerhalb Gwens Hörweite war.

Kapitel 3

Anna war etwas nervös, als sie Imola auf den Reitplatz führte. Erstens hatte sie nicht damit gerechnet, dass sie kaum zwei Stunden nach ihrer Ankunft auf Hohenhausen gleich im Sattel sitzen würde, und zweitens schon gar nicht auf so einem Riesenross. Was für ein Unterschied zu ihrem Pflegepony Sammy!

„Bleib mal ganz locker!“, meinte Gwen. „Imola hat noch keinen Reiter in den Sand gesetzt.“

„Das glaube ich dir sogar“, erwiderte Anna. „Aber vielleicht mache ich selbst ja mehr oder weniger freiwillig einen Abgang, auch ohne Imolas Zutun.“

„Quatsch! Abgestiegen wird erst wieder am Ende der Reitstunde. Ist das klar?“ Gwen grinste und hielt die Stute fest, bis Anna in den Sattel geklettert war.

„Du bist aufgeregt und weißt, dass sich so was aufs Pferd überträgt. Aber du musst wirklich nicht nervös sein! Jetzt reitest du erst einmal zwei, drei Runden am langen Zügel im Schritt, damit du dich an die Höhe gewöhnst.“ Gwen blinzelte ihr zu. „Wirst schon sehen – das ist alles halb so schlimm. Du hast gesagt, dass du bereits seit eineinhalb Jahren reitest, also bist du kein blutiger Anfänger mehr …“

„Aber ich bin in diesen eineinhalb Jahren nicht wirklich viel geritten“, bemerkte Anna.

„Hey, dann kannst du jetzt deine verlorene Reitzeit nachholen“, tönte Ricky von außerhalb des Platzes. „Wenn du ein paar Reitstunden bei Gwen hattest, dann setzt du dich im Anschluss daran nahezu auf jedes Pferd.“

„Oh Mann, ihr seid alle so zuversichtlich. Na gut, ich versuch's. Mehr als runterfallen kann ich ja schließlich nicht.“

„Genau, so will ich dich hören!“, lobte Gwen lachend. „Aber du wirst nicht herunterfallen! Okay … wie gesagt, drei Runden Schritt, dann nimmst du die Zügel auf und wir versuchen einen Trab!“

Gisi und Jasmin waren zu der Koppel hinübergegangen, auf der Diabolo und Sharazan friedlich mit Gwens Black Jack zusammenstanden. Als sie am Reitplatz vorbeigelaufen waren, hatten sie Anna auf Imola nur mit einem Seitenblick gestreift. Jetzt hockten sie im Gras und beobachteten die Pferde.

„Sooo schlecht sitzt sie nun auch wieder nicht drauf“, meinte Gisi gerade.

„Aber sie ist ein Hasenfuß! Außerdem … ich weiß nicht … ich mag sie einfach nicht.“ Jasmin schüttelte den Kopf.

„Aber du hast sie doch gerade erst kennengelernt. Wie kannst du da schon sagen, ob du sie magst oder nicht?“

„Keine Ahnung … Auf alle Fälle finde ich es doof, wenn wir uns wegen ihr einschränken müssen. Wenn Anna schon Angst davor hat, im Gelände zu galoppieren, soll sie doch einfach auf dem Reitplatz bleiben!“

„Du hast doch gehört, was Gwen gesagt hat. Anna bekommt ein paar Reitstunden auf dem Platz, dann wird sie schon mit uns mithalten können.“

Jasmin verzog nur geringschätzig ihr Gesicht, dann deutete sie auf Diabolo. „Den hätte ich auch gerne. Ich könnte mir vorstellen, dass der saugut zu reiten ist.“

Gisi zuckte mit den Schultern. „Aber irgendwie sieht er wild aus. Schau mal, wie er hier plötzlich von einer Sekunde zur anderen durch die Gegend jagt, als wäre ein Rudel Wölfe hinter ihm her. Ich weiß nicht, aber für mich wäre der nichts."

Jasmin lachte. „Ist doch prima, wenn ein Pferd ein wenig Feuer unterm Schweif hat." Dann grinste sie boshaft. „Ich stelle mir gerade vor, wie das wäre, wenn Hasenfüßchen Anna jetzt ohne Sattel auf seinem Rücken säße. Das wäre bestimmt lustig!"

Gisi schüttelte bloß den Kopf.

Diese gehässige Art, die Jasmin da auf einmal an den Tag legte, mochte sie überhaupt nicht, und so beschloss sie, einfach nicht mehr darauf einzugehen. „Komm!", sagte sie stattdessen. „Ausritt ist erst heute Abend. Hast du Lust, heute Nachmittag ins Kino zu gehen?"

Jasmin war augenblicklich Feuer und Flamme. „Hey, das ist eine richtig gute Idee! Aber schaffen wir das überhaupt noch?"

Gisi nickte. „Ja klar! Wenn wir uns die Räder schnappen, dürften wir locker bis Filmbeginn in der Stadt sein."

„Also gut, worauf warten wir dann noch?" Jasmin spurtete los und Gisi rannte hinterher.

„Nanu, was ist denn in die gefahren?" Ricky sah die beiden Mädchen vorbeiflitzen. Aber da Jasmin und Gisi keine Anstalten machten, am Reitplatz anzuhalten, wandte sie sich wieder Anna zu, die sich auf Imola so langsam wohlzufühlen schien – zumindest im Schritt und im Trab. Gwen hatte sie noch nicht galoppieren lassen.

„Meinst du, du traust dich, mit ihr eine Runde zu galoppieren?", fragte Gwen dann.

Anna biss die Zähne zusammen. „Eigentlich eher nicht", war sie versucht zu sagen, doch dann sprang sie über ihren

Schatten. Schließlich wollte sie ja richtig reiten können, was hieß, dass sie auch galoppieren wollte, und das nicht nur auf dem Platz. Sie wollte in Zukunft frei und zwanglos ihre Ausritte genießen können, und wenn sie das erreichen wollte, dann durfte sie jetzt nicht einfach einen Rückzieher machen, sondern musste sich auf Imola einlassen und ihr vertrauen.

„Okay, ich versuch's", gab sie mit klopfendem Herzen zur Antwort.

Gwen, Ricky und Marc nickten ihr aufmunternd zu.

„Super! Dann mal los! Erst antraben, bis zur Ecke, und dann aus der Ecke heraus angaloppieren, eine Runde, dann wieder durchparieren zum Schritt!"

„Alles klar!" Anna atmete noch einmal tief durch, dann trieb sie Imola an, und aus der Ecke heraus fiel die Stute in einen sanften, schaukelnden Galopp.

„Wow, das war klasse!", entfuhr es Anna, nachdem sie ihr Pferd wieder durchpariert hatte. „Ich habe noch nie so einen ruhigen Galopp erlebt."

Gwen lächelte ihr zu. „Wusst ich's doch, dass du mit Imola keine Probleme haben wirst. Und genauso galoppiert sie auch im Gelände. Immer schön geradeaus, ohne vor irgendetwas zu scheuen. Na gut, und weil's so schön war, versuchen wir das gleich noch einmal, bloß dass du jetzt im Galopp auf den unteren Zirkel gehst. In Ordnung?"

Anna nickte begeistert, und als sie Imola nun zum zweiten Mal angaloppieren ließ, verspürte sie kaum mehr Angst, dafür konnte sie das herrliche Gefühl des schwingenden Pferderückens unter sich fast schon genießen.

Diabolo und Sharazan standen inzwischen am Koppeleingang und schauten zu ihren Besitzern hinüber. Sie hatten sich von der Fahrt im Transporter gut erholt und erweckten den Eindruck, dass sie sich ein wenig langweilten.

„Gwen, wann gehen wir heute reiten?“, fragte Ricky etwas ungeduldig, als Annas Reitstunde beendet war.

„Ich kann leider erst in zwei Stunden los, denn der Ausritt für die Feriengäste ist zeitlich festgelegt“, sagte Gwen. „Aber ihr habt eure eigenen Pferde dabei, also hindert euch nichts daran, loszuziehen, wann immer ihr Lust habt.“

Ricky warf einen Blick auf die strahlende Anna. „Könnte Anna nicht mit uns mitreiten? Wir müssten ja nicht unbedingt galoppieren, oder, Marc?“

Der Junge schüttelte den Kopf. „Wäre kein Problem für mich.“

„Aber ich würde vermutlich ein Problem mit meiner Großmutter bekommen“, winkte Gwen ab. „Schließlich muss ich die Ausritte der Feriengäste führen, wegen der Verantwortung und so.“

„Ach komm schon … Es würde bestimmt nichts passieren“, bohrte Ricky weiter. Sie fand Anna nett und hätte sie gerne auf dem Ausritt dabeigehabt. „Wenn’s dich beruhigt, dann würde ich sie sogar an den Führzügel nehmen.“

„Och nee, Führzügel möchte ich jetzt aber auch nicht“, begehrte Anna auf.

„War ja nur eine Überlegung!“

„Die du gleich wieder vergessen kannst, zumindest mal fürs Erste! Solange Anna noch nicht hundertprozentig angstfrei im Sattel sitzt, wird das nichts mit einem außerplanmäßigen Geländeritt“, sagte Gwen bestimmt.

Ricky seufzte auf. „Schade! Aber einen Versuch war es wert“, meinte sie dann an Anna gewandt, die aus dem Sattel gesprungen war, um Imola zum Stall zurückzubringen.

„Macht nichts. Ich kriege das schon noch hin. Imola ist ein super Pferdchen, nicht wahr, meine Gute?“

Gwen freute sich, als sie sah, wie Anna ihrem Ferienpferd glücklich um den Hals fiel.

„Na gut. Marc, wollen wir beide trotzdem los? Schau dir Diabolo und Sharazan an. Die beiden brennen förmlich darauf", sagte Ricky.

„Du meinst wohl, DU brennst auf einen Ausritt", wurde sie von Marc berichtigt.

„Na ja, so könntest du es auch nennen."

„Also los! Dann wollen wir mal! Ich gebe zu, dass ich nichts gegen einen schönen Ritt einzuwenden habe."

Und so machten sich die beiden auf, ihre Pferde von der Koppel zu holen, während Gwens Black Jack zurückblieb und seinen Koppelgenossen sehnsüchtig hinterherblickte. Dann jedoch wandte er sich ab. Er senkte gelassen seinen wunderschönen Kopf und widmete sich weiter dem saftigen Grün zu seinen Hufen.

„Oh Mann, ich habe ja gar nicht mehr gewusst, wie herrlich es hier ist!", schwärmte Ricky, als sich die beiden Reiter schon ein großes Stück vom Gestüt entfernt hatten.

„Ja klar! Du warst ja auch schon ewig nicht mehr hier", frotzelte Marc. War es doch erst wenige Monate her, seit sie bei Gwen zu Besuch gewesen waren.

„Mir kommt's wie eine halbe Ewigkeit vor", verteidigte sich Ricky. „Sag mal, wo reiten wir eigentlich hin? Ich würde gerne mal wieder das Felsplateau sehen, auf dem Golden Star zur Welt gekommen ist. Also, das heißt, ich würde es zumindest gerne von unten aus sehen. Ich muss da nicht unbedingt noch einmal hinaufreiten."

„Ich dachte, du wolltest zur Ruine", hakte Marc nach.

„Schon, aber wir kennen den Weg dorthin doch gar nicht! Gwen hat ihn uns noch nicht gezeigt." Sie strich Diabolo über den wippende Mähne. „Das wäre aber mal was Neues, nicht wahr, Diabolo? Dir würde das sicherlich auch gefallen, oder?"

„Oje, Ricky, wann kapierst du endlich, dass dein Pferd nicht sprechen kann?“ Marc lachte.

„Aber er kann doch sprechen! Schau doch nur, wie er zustimmend nickt!“, behauptete Ricky, doch ihr Freund winkte nur ab.

„Okay, machen wir einen Test! Diabolo, ist deine Besitzerin doof, weil sie glaubt, dass du reden kannst?“, fragte er grinsend, und Diabolo schritt nickend weiter voran.

„Das war jetzt aber eine gemeine Frage“, beschwerte sich Ricky.

„Die er jedoch mit Ja beantwortet hat – vorausgesetzt, du hast recht!“

„Hmm … ich überlege mir das noch einmal.“ Ricky richtete sich im Sattel auf und spähte einen Feldweg entlang, der ihr bislang noch nie aufgefallen war.

„Marc, wollen wir hier abbiegen?“, fragte sie. „Ich möchte gern wissen, wo es da hingeht.“

„Okay, warum nicht“ Marc dirigierte Sharazan auf den Pfad, dann verständigten sich die beiden Reiter durch einen kurzen Blick und ließen ihre Pferde locker angaloppieren.

Ricky fand es einfach herrlich, in der Wärme der Sonne den Gegenwind zu fühlen, der ihre halblange Haare durcheinanderwirbelte. Obwohl sie nun doch schon längere Zeit die glückliche Besitzerin dieses wundervollen Rappen war, kam ihr jeder neue Ausritt, jeder neue Galopp wie ein Geschenk des Himmels vor.

Wenn Ricky die geballte Kraft ihres Pferdes unter sich verspürte, wusste sie manchmal nicht, ob sie lachen oder weinen sollte. Sie konnte es noch immer nicht fassen, welches Glück ihr mit Diabolo geschenkt worden war, und sie wollte keinen einzigen Gedanken daran verschwenden, dass diese wunderbaren Momente mit ihrem geliebten Pferd irgendwann einmal zu Ende sein könnten. Sie würde jede einzelne Sekunde, die sie mit ihm verbringen konnte, genießen und von ganzem Herzen dankbar dafür sein.

Schier endlos schien der Weg zu sein, den die beiden Reiter auf ihren Pferden entlangpreschten, und so gab sich Ricky ganz ihren Gefühlen hin.

„Hey, Ricky, pass auf!“, wurde das Mädchen von Marc, der vor ihr ritt, urplötzlich aus seiner Träumerei gerissen, und nur wenige Sekunden später setzte Diabolo mit einem mächtigen Sprung über eine etwa fünfzig Zentimeter breite und relativ tiefe Rinne, die quer durch den Weg angelegt war.

„Aaaah! So ein Mist! Wer macht denn so etwas?“, regte sich Ricky auf, als sie gleich darauf ihr Pferd neben Sharazan zum Stehen brachte.

„Sieht so aus, als würden da irgendwelche Rohre verlegt werden. Schau doch mal! Diese Rinne zieht sich quer durch die Wiesen.“

„Trotzdem blöd! Boah, bin ich froh, dass du das noch rechtzeitig gesehen hast. Ich wäre da wohl volle Kanne reingebrettert, wenn du mich nicht gewarnt hättest.“ Ricky war ihrem Freund sehr dankbar.

„Du vielleicht, aber Diabolo wäre so oder so gesprungen“, meinte Marc.

„Das schon, aber ich hätte vermutlich einen Abgang gemacht!“

Marc blinzelte ihr zu. „Vielleicht solltest du doch immer erst aus dem Sattel steigen, ehe du zu träumen beginnst!“

Ricky wurde ein wenig rot und lächelte verlegen. Marc kannte sie inzwischen so gut. Er wusste genau, was in ihr vorging, wenn sie auf Diabolo saß.

Die Pferde gingen nun wieder Schritt, und so hatten die Reiter Zeit, sich das Gelände anzusehen.

„Uiiii, da haben wir wohl instinktiv den richtigen Weg

gewählt“, meinte Ricky mit einem Mal begeistert. „Sieh mal, da vorne, das muss die Ruine sein!“

„Na ja, wie ein Märchenschloss sieht’s wirklich nicht mehr aus.“ Marc kniff die Augen ein wenig zusammen, um besser sehen zu können. „Da stehen aber viele Autos herum.“

„Und Pferdehänger“, fügte Ricky hinzu. „Ich dachte, die Ritterspiele finden erst am Wochenende statt? Warum ist da dann heute schon so ein Tumult?“

„Keine Ahnung! Aber warum betrachten wir uns das Ganze nicht einfach mal aus der Nähe?“

„Gute Idee!“

Ricky und Marc ließen ihre Pferde in einen ruhigen Trab fallen und bald schon hatten die Ruine erreicht.

„Wo wollt ihr denn hin?“, fragte ein Mann mittleren Alters, der gerade dabei war, mit einem rot-weiß-gestreiften Baustellenband eine Absperrung rund um die Ruine zu errichten.

„Wir wollten uns gerne mal das alte Gemäuer anschauen“, antwortete Ricky freundlich.

„Da muss ich euch leider enttäuschen. Wir stecken schon mitten in den Vorbereitungen für die Ritterspiele, und ab heute ist der Zutritt zur Ruine für die Öffentlichkeit verboten. Zumindest solange, bis wir das Spektakel am Wochenende eröffnen“, erklärte der Mann. „Ihr werdet euch also bis Samstag gedulden müssen, ehe ihr das Innere der Ruine inspizieren könnt.“ Entschuldigend hob er die Hände. „Tut mir echt leid, aber ich kann keine Ausnahme machen, auch wenn eure schönen Pferde sich vom Aussehen her vortrefflich als Ritterpferde eignen würden.“

„Das ist aber schade!“ Ricky war wirklich enttäuscht. „Wissen Sie, wir sind bei der Gräfin zu Besuch und …“

„Ricky? Ricky Sulai?“, tönte es auf einmal hinter den

Reitern. „Bist du das? … Ja natürlich! Ricky mit ihrem … wie heißt er doch gleich, der zweite Garibaldi? Diabolo!“

Verblüfft legte das Mädchen seine Stirn in Falten. Irgendwo hatte es diesen Mann doch schon einmal gesehen. Aber wo war das bloß gewesen?

Auf einmal fiel es Ricky wieder ein. „Herr Algenrieder! Stimmt's?“, fragte sie, obwohl sie sich sicher war, dass es der Kommissar war, der vor einiger Zeit ihren Diabolo aus den Händen der Pferdediebe befreit hatte.

Hans Algenrieder nickte lächelnd. „Genau! Du hast ein gutes Namensgedächtnis.“

„Sie aber auch“, gab Ricky lachend zurück.

„Und? Wie geht's dir und deinem Prachtburschen? Diabolo sieht noch schöner aus als im vergangenen Jahr. Ein herrliches Pferd!“

Ricky wurde vor Freude und Stolz rot, während Marc einen Flunsch zog.

„Und ich dachte schon, dass Sie mich meinten, als Sie von dem Prachtburschen gesprochen haben“, unkte er.

Der Kommissar lachte. „Das versteht sich ja von selbst, oder? Aber was macht ihr hier? Ihr seid einfach eine Woche zu früh dran. Das Spectaculum findet erst in sieben Tagen statt.“

„Das wissen wir“, sagte Ricky. „Aber wir haben nicht damit gerechnet, dass die Ruine schon heute abgesperrt ist. Wir hätten sie uns so gerne einmal von innen angeschaut.“

„Mädel, da kann ich nichts machen! Wenn wir jeden Neugierigen reinlassen würden, der hier hereinschneit, dann wäre der Überraschungseffekt nächstes Wochenende beim Teufel“, meldete sich der Mann mit dem Baustellenband mit missmutig gerunzelter Stirn zu Wort. Doch Hans Algenrieder winkte ab. „Ach komm, Bernd, nun sei mal nicht so! Die beiden hier sind alte Freunde von mir. Ich habe dir doch von dem Fall damals erzählt, als der Deckhengst der Gräfin … ach, egal! Jedenfalls fände es die Gräfin mit Sicherheit auch gut, wenn du die zwei durchlassen würdest!“

„Immer die Gräfin!“, murrte Bernd.

„Vergiss bitte nicht, dass sie unsere Veranstaltung mit einem ziemlich hohen Geldbetrag gesponsert hat, und diese beiden jungen Leute sind gute Freunde ihrer Enkelin.“ Ohne weiter auf das Gebrummel des Mannes zu achten, winkte Hans Algenrieder die beiden Reiter samt Pferde augenzwinkernd um die Absperrung herum auf das Ruinen-Gelände.

Rickys Augen strahlten. „Das ist aber supernett von Ihnen!“, jubelte sie und sprang aus Diabolos Sattel, um ihr Pferd neben dem Kommissar herzuführen. „Wieso sind Sie eigentlich hier?“

Algenrieder wurde kaum merklich rot, als er Rickys Frage beantwortete. „Na ja, ich bin sozusagen Mitinitiator dieser Veranstaltung, aber auch Mitwirkender.“

„Echt? Wo machen Sie denn so mit?“, wollte Marc nun neugierig wissen.

„Ich bin … ähem … Minnesänger.“

Marc verkniff sich mit Mühe das Lachen. „Ein was? Ein Minisänger?“, fragte er nach.

„Mann, Marc! Diese Frage hätte aber eindeutig von Kathi stammen können. Nicht Minisänger, sondern Minnesänger“, korrigierte Ricky ihn. „Du weißt doch, die haben im Mittelalter so Liebeslieder gesungen.“

„Ach sooo! Ich hatte das akustisch gerade nicht so richtig mitbekommen! … Wow … was geht denn da vorne ab?“

„Das sind ein paar der Ritter, die sich schon auf den Wettkampf vorbereiten“, erklärte Algenrieder.

„Die sehen aber gar nicht so rittermäßig aus“, meinte Ricky, doch Algenrieder antwortete: „Warte mal ab, wenn du sie am Wochenende siehst. Da wirst du sie nicht wiedererkennen!"

„Und die gehen wirklich mit diesen Riesenlanzen aufeinander los?", fragte Marc verblüfft. „Ist das nicht wahnsinnig gefährlich?"

„Wenn sie sich richtig fest aus dem Sattel stoßen würden, dann ja", erklärte Algenrieder. „Aber wie ihr seht, üben die Reiter, dass es nur so aussieht, als ob sie sich treffen. Sie lassen sich nach Absprache zu einem bestimmten Zeitpunkt aus dem Sattel fallen. Es sind sozusagen ‚Stuntreiter', man nennt sie auch Cascadeure."

„Dann ist also alles nur ein Fake!" Marc war fast ein wenig enttäuscht.

„Wenn du es so bezeichnen willst, kannst du das tun. Wir nennen es einfach nur eine Show, die dazu dient, dem Publikum Kurzweil zu bescheren."

„Hach, ich glaube, das würde mir auch gefallen", meinte Ricky mit einem Seitenblick auf Diabolo. „Fehlt euch nicht noch eine … wie sagt man … Ritterin?" Sie lachte.

„Ritterin! Das wär mal was Neues!" Algenrieder schmunzelte. „Es gibt durchaus auch Frauen, die hier als Ritter verkleidet mitreiten. Allerdings ist das eher die Ausnahme!"

„Ricky wäre die Ritterin der traurigen Gestalt!" Marc konnte sich den Kommentar nicht verkneifen und erntete dafür einen bösen Blick von Ricky, während er fast vor Lachen platzte. Aber seine Freundin ließ sich nicht beirren.

„Kann ich das nicht mal versuchen?", bettelte das Mädchen. „Ich wüsste zu gern, ob sich Diabolo für so was eignen würde!"

Noch ehe Algenrieder antworten konnte, konnte man vom Wettkampfplatz hören: „Ey Mann, was für ein Pferd! Das wäre genau das Richtige für unseren Schwarzen Ritter!", rief ein junger Mann.

„Ach, der hat doch schon ein herrliches Showpferd! Der braucht keins mehr! Aber ich würde zu diesem Rappen auch nicht Nein sagen!“, schallte es von einem anderen zurück, während sich Algenrieder, Ricky und Marc der Gruppe näherten.

„Der sieht ja aus wie Garibaldi!“ Der Mann ging ein paar Schritte auf Diabolo zu und begutachtete ihn von allen Seiten. „Wenn er genauso gut zu reiten ist, wie er aussieht, dann wäre er wirklich das perfekte Ritterpferd“, schwärmte er weiter. „Gehört er dir?“

Ricky nickte stolz.

„Und du würdest ihn unserer Truppe nicht zufällig für unsere Show überlassen?“

„Das können Sie vergessen!“, sprudelte es spontan aus Marc hervor. „Ricky lässt nie und nimmer andere Leute auf ihrem Pferd reiten. Diabolo ist ihr heilig.“

„Tja, Günter, keine Chance“, meinte nun auch Algenrieder.

Ricky, die dem Mann normalerweise von sich aus eine Absage erteilt hätte, ärgerte sich nun maßlos darüber, dass Marc so einfach in ihrem Namen Nein gesagt hatte – gerade so, als ob sie selbst nicht fähig wäre, eine Entscheidung zu treffen.

Nachdenklich schaute sie ihr Pferd an, dann sagte sie: „Warum eigentlich nicht? Ich habe vorhin schon überlegt, wie sich Diabolo als Ritterpferd wohl machen würde.“

Marc blieb der Mund offen stehen. „Wie bitte? Was ist denn jetzt los?“

„Was soll los sein?“, fragte Ricky zurück, während sie ihm einen gleichmütigen Blick zuwarf.

„Ist das dein Ernst?“, fragte Günter mit einem Leuchten in den Augen.

„Eigentlich nicht!“, hämmerte es in Rickys Kopf, aber

irgendwie wurde sie in diesem Augenblick von einem Teufelchen geritten, und so antwortete sie: „Klar! Aber er darf nur von einem wirklich guten und liebevollen Reiter geritten werden. Und auch nur, wenn die Chemie stimmt. Wenn ich merke, dass Diabolo nervös wird, dann ziehe ich mein Einverständnis sofort zurück."

„Wow, Mädel, du glaubst nicht, wie sehr ich mich freue!" Günter umarmte Ricky spontan. „Und du bist dir auch wirklich sicher?"

Sie zögerte ein bis zwei Sekunden, ehe sie bejahend nickte. „Aber nur, wenn es für Diabolo nicht gefährlich ist! Ich möchte nicht, dass ihm etwas passiert!"

„Das ist eh klar! Keiner möchte, dass seinem Pferd etwas geschieht. Wir passen da auch sehr gut auf."

„Na dann … Was muss Diabolo denn tun?"

„Er muss eigentlich überhaupt nichts tun, außer sich einhändig gut reiten zu lassen."

Ricky stieg wieder in den Sattel. „Diabolo lässt sich wunderbar nur mit Schenkelhilfen und Gewichtsverlagerung dirigieren", sagte sie stolz, und da die Bahn, wo die Ritter am Wochenende auftreten würden, gerade frei war, ließ sie Diabolo angaloppieren und ritt ihn einhändig am langen Zügel in die Bahn. Am Ende ließ sie ihn nur durch Gewichtsverlagerung einen engen Bogen laufen und auf der anderen Seite wieder zurückpreschen, bevor sie ihn vor Günter zum Halten durchparierte.

„Ich wusste es!", jubelte der junge Mann und strich dem Rappen begeistert über den Hals. „Dieses Pferd ist genau das, was wir brauchen! Lässt du mich es jetzt mal versuchen?"

Ricky stieg ab und hielt Diabolo am Zügel fest, bis Günter mit einem routinierten Schwung in den Sattel gestiegen war und die Bügel übergeschlagen hatte.

In diesem Moment wurde ihr irgendwie flau im Magen. Jetzt war sie sich doch nicht mehr so sicher, ob ihre Entscheidung gut gewesen war.

Diabolo fühlte ihre Unsicherheit und blies nervös durch die Nüstern. Wie ungewohnt es für ihn war, einen anderen Menschen außer Ricky auf seinem Rücken zu spüren. Aber Günter ließ ihm keine Zeit, darüber nachzudenken, ob er diesen Fremden in seinem Sattel dulden würde. Schwungvoll wendete er den Rappen, und ritt er ein paar Runden um die Bahn, ohne dass Diabolo auch nur die geringste unwillige Reaktion zeigte.

„Das hätte ich jetzt nicht gedacht“, murmelte Marc, und Ricky fühlte fast einen Stich in ihrem Herzen, als sie sah, wie gut sich Diabolo mit seinem neuen Reiter fühlte.

„Er geht bei ihm fast besser als bei mir“, musste sie sich eingestehen und sie hätte ihr Einverständnis am liebsten sofort rückgängig gemacht. Aber dazu war es jetzt zu spät.

Kapitel 4

Ricky und Marc waren bereits über zwei Stunden weg. Gwen konnte nicht mehr länger warten. Sie musste sich nun mit den übrigen Feriengästen auf den täglichen Ausritt begeben.

Etwas mürrisch zog sie Black Jacks Sattelgurt nach. Sie hatte gehofft, dass die beiden Freunde früher zurückkehren und ebenfalls an dem Ausritt teilnehmen würden.

„Sie sind schon recht lange unterwegs, nicht wahr?“ Anna stand neben Black Jack. „Hast du keine Angst, dass etwas passiert sein könnte?“

Gwen zuckte mit den Schultern. „Passieren kann natürlich immer etwas, aber ich glaube viel eher, dass sie sich irgendwo verritten haben. Ich mach mir keine Sorgen, aber ich finde es schade, dass sie jetzt nicht mitkommen können. Dabei hatte ich gerade heute vor, zur Ruine zu reiten. Ricky und Marc wollten da schon lange mal hin.“ Sie schaute Anna an. „Und du bist sicher, dass du nicht mitreiten möchtest?“

Anna nickte. „Es wäre mir lieber, wenn ich erst noch ein oder zwei Tage mit Imola auf dem Reitplatz verbringen könnte, ehe ich mit ihr ins Gelände gehe. Ich möchte sie erst richtig kennenlernen.“

„Das ist in Ordnung“, meinte Gwen. „Aber soviel ich

gesehen habe, könntest du problemlos ins Gelände. Du sitzt gut und fest im Sattel. Das einzige Problem, das du hast, ist deine fehlende Selbstsicherheit!"

„Stimmt, das einzige Problem, das ich wirklich habe, ist meine Scheiß-Angst." Anna setzte ein verlegenes Grinsen auf. „Na, wird schon werden."

„Bestimmt!" Gwen nahm Black Jacks Zügel und führte ihn an Anna vorüber.

„Alle fertig?", rief sie kurz darauf vor dem Stall, wo die anderen Reiter mit ihren Pferden schon auf ihre Tête-Reiterin warteten.

„Klar sind wir fertig!"

„Wir warten doch bloß auf dich!"

„Super, kann's jetzt endlich losgehen?"

„Mensch, Gwen, wo bleibst du denn?"

Die Stimmen schwirrten durcheinander und erstarben erst, als das Mädchen im Sattel saß.

„Nun macht bloß keinen Stress!" Gwen dirigierte Black Jack grinsend zwischen die zehn Reiter hindurch, die mit erwartungsvollen Gesichtern auf ihren Pferden saßen.

„Und wo geht's heute hin, Gwen?" Jasmin war inzwischen wieder guter Dinge, vor allem, seit sie gesehen hatte, dass Anna nicht mit von der Partie sein würde.

„Ich dachte mir, wir reiten einen hübschen Rundweg, der uns an der Ruine vorbeiführt. Das passt erstens von der Zeit und zweitens wird euch das Gelände gefallen. Es gibt da nur eine einzige Straße, die unseren Weg kreuzen wird, ansonsten sind dort ausschließlich Wiesen, Felder und ein Stückchen Wald."

„Klingt gut! Oder, Gisi, was meinst du?" Jasmin wandte sich an ihre Freundin.

„Wenn du nicht so viel quatschen würdest, dann könnten wir schon lange unterwegs sein!" Gisi lenkte Mijou hinter

Black Jack und Jasmin ritt mit Aida neben sie. Ihnen folgten die anderen Reiter – immer zwei nebeneinander.

Gräfin Eleonore beobachtete den Aufbruch der Reiter von ihrem Bürofenster aus. Etwas verwundert bemerkte sie, dass Anna als Einzige zurückblieb.

„Nanu? Was soll das denn?“, murmelte die Gräfin vor sich hin. Doch bevor sie sich darüber noch mehr Gedanken machen oder sogar bei Anna nachfragen konnte, wurde sie durch einen weiteren Anruf abgelenkt. An diesem Tag stand das Telefon auf dem Gestüt keine Minute still.

Anna sah den Reitern einerseits etwas wehmütig hinterher, doch andererseits atmete sie auf. Für heute würde sie sich jedenfalls nicht mehr überwinden und im Gelände galoppieren müssen.

Erleichtert begann sie, vor sich hin zu summen, doch anstatt wie sonst irgendeinen aktuellen Popsong nachzusingen, hatte sie heute eines der bekanntesten Lieder des Elisabeth-Musicals im Kopf: „Boote in der Nacht“.

Erst leise, dann immer lauter sang sie vor sich hin, während sie in Richtung Stutenkoppel lief, wo Imola ihre „Freistunde“ hatte, weil Anna nicht mitgeritten war.

Liebe kann vieles, doch manchmal
ist Liebe nicht genug.
Glaube ist stark, doch manchmal
ist Glaube Selbstbetrug …

Kuno, der eben den Mistkarren über den Hof schob, blieb höchst erstaunt stehen, als er Annas glockenreine Stimme hörte, die das tragische Liebeslied der Kaiserin Sissi sang. Er war restlos begeistert.

„Anna, deine Stimme ist zu schade, um sie ausschließlich vor vierbeinigem Publikum zu präsentieren!“, rief er ihr zu, als sie gerade eine Atempause einlegte.

Anna hielt inne und kicherte verlegen. „Sorry, das passiert mir immer wieder. Ich merke es gar nicht mehr, wenn ich singe“, versuchte sie sich zu entschuldigen, doch Kuno winkte ab.

„Mach ruhig weiter! Ich finde es klasse! Du hast ein Wahnsinns-Talent!“

„Ich weiß!“ Annas Selbstbewusstsein war, was das Singen betraf, nicht zu überbieten. Wenn sie doch nur beim Reiten genauso sicher sein könnte, dann wäre sie jetzt mit den anderen Richtung Ruine unterwegs …

„Hast du schon mal dran gedacht, Sängerin zu werden?“, fragte Kuno, und Anna lächelte.

„Ich denke an nichts anderes!“

„Ich dachte, du wolltest dir das alte Gemäuer ansehen?“, sagte Marc mit einem Seitenblick auf seine Freundin, doch die wandte ihre Augen keine Sekunde von Diabolo ab, der noch immer von Günter geritten wurde.

„Das kann ich mir doch immer noch angucken“, meinte sie. „Kann doch jetzt nicht weg und mein Pferd sich selbst überlassen.“

„Ich glaube, bei Günter ist Diabolo in guten Händen.“ Hans Algenrieder nickte bekräftigend zu seinen Worten.

„Das kann schon sein, aber ich werde trotzdem aufpassen, dass nichts passiert. Das würde ich mir nämlich niemals verzeihen.“

Marc zuckte mit den Schultern. „Selbst schuld! Du hättest ihn ja nicht als Ritterpferd hergeben müssen. Ich halte das eh für Schwachsinn. Die haben doch mit Sicherheit ihre eigenen Pferde, die diese Show in- und auswendig kennen.

Verstehe gar nicht, warum der Typ unbedingt deinen Diabolo haben wollte. Und dann bist du auch noch so blöd und lässt diesen Wildfremden in den Sattel. Also echt! Ich hätte wetten können, dass du dich weigerst. Aber nein …“

Ricky wandte sich abrupt ab. „Mensch, Marc, jetzt hör schon damit auf! Schließlich bist du nicht ganz unschuldig dran. Wann lernst du endlich, dass ich gerne selbst für mein Pferd und mich entscheide?“

Marc hob abwehrend beide Hände. „Schon gut, schon gut! Du wirst von mir nie wieder ein Wort hören!“

Hans Algenrieder blickte belustigt zwischen den beiden hin und her, dann meinte er „Wenn ihr jungen Leute euch jetzt schon streitet, wie soll das dann in zwanzig Jahren aussehen? Reißt ihr euch da gegenseitig die Haare aus?“

„Weiß der Geier, ob ich bis dahin überhaupt noch Haare auf dem Kopf habe.“ Marc packte Sharazans Zügel etwas fester. „Ich würde mal eine Runde drehen, wenn's erlaubt ist“, meinte er, und nach Algenrieders Kopfnicken stieg er in den Sattel und ritt langsam davon.

Ricky sah ihm etwas betreten hinterher. Jetzt tat es ihr schon wieder leid, dass sie ihrem Freund gegenüber so zickig gewesen war.

„Wir versuchen jetzt mal das Gegeneinanderreiten!“, rief Günter herüber. Er stand mit Diabolo an dem Startpunkt auf der einen Seite der Bahn. Ihm gegenüber auf der anderen Seite platzierte ein zweiter Reiter gerade einen kräftigen Schimmel.

„Fertig?“, rief Günter, und der andere hob bestätigend die Hand. Zwei Männer reichten jedem von ihnen eine lange Lanze, die sie waagerecht nach vorne ausrichteten.

„Und los!“, gab einer der Helfer das Kommando, worauf Günter und der Schimmelreiter ihre Pferde aus dem Stand heraus angaloppieren ließen.

Ricky stockte fast der Atem, als sie sah, wie Diabolo immer schneller wurde und die Lanze des Gegners immer näher auf ihn zukam.

„Mein Gott, das sieht so aus, als wollten sie die Pferde aufspießen“, flüsterte sie mit bebender Stimme. Ihr Adrenalinspiegel schnellte spürbar in die Höhe.

„Keine Angst!“, beruhigte sie Algenrieder. „Die beiden sind Profis. Da passiert nichts.“

Die zwei Cascadeure waren nun fast auf gleicher Höhe, als sie einen schrecklichen Kampfschrei ausstießen, der die Spannung noch erhöhen sollte, ehe sie aneinander vorbeipreschen würden.

Während der Schimmel in stoischer Ruhe weitergaloppierte, war Diabolo durch den plötzlichen lang gezogenen Schrei erschrocken und brach zur Seite aus.

„Hoooo!“, rief Günter, um den Rappen zu beruhigen, und setzte sich tief in den Sattel, während er ihn durchparierte.

Ricky war froh, dass Diabolo sich selbst aus dem Gefahrenbereich der Lanze gebracht hatte. Sie lief sofort auf ihn zu, um ihm zu sagen, dass alles in Ordnung war, aber auch, um Günter mitzuteilen, dass ihr diese ganze Aktion nun doch viel zu gefährlich für ihr Pferd war. Aber noch ehe sie Diabolo erreicht hatte, hatte Günter das Tier gewendet und brachte es wieder auf seine Startposition.

„Wir versuchen das gleich noch mal! Er wird sich an die Schreie gewöhnen müssen. Die gehören einfach dazu.“ Aufmunternd lächelte der junge Mann Ricky zu, die mit hängenden Schultern wieder zurück zu Algenrieder schlich.

Der zweite Versuch verlief genauso wie der erste. Diabolo galoppierte willig an, doch beim Schrei seines Ritters brach er erneut aus.

„Er kann es nicht leiden, wenn in seiner Nähe rumgeschrien wird!“, rief Ricky. „Und außerdem denke ich …“

„Ach, das ist kein Problem“, unterbrach Günter sie. Er kam herangeritten und ließ die Lanze zu Boden gleiten.

Sobald er das lange Ding los war, lenkte er Diabolo ein wenig zur Seite. Ricky hörte, wie er erst leise mit dem Rappen sprach, seine Stimme jedoch mit jedem Satz immer lauter und lauter wurde, bis der junge Mann schließlich so schrie wie bei dem Ritt eben. Dann ließ er seine Stimme wieder leiser werden, um diese Übung sofort von Neuem zu beginnen.

Nachdem er dies ein paar Mal wiederholt hatte, konnte er ganz plötzlich losbrüllen, ohne dass Diabolo auch nur noch mit einem Ohr gezuckt hätte. Das Pferd hatte gemerkt, dass ihm bei all dieser Schreierei nichts passierte, und so war es ihm nun offensichtlich egal, wenn der komische Mensch in seinem Sattel glaubte, er müsse sich die Lunge aus dem Leib schreien.

Ricky schüttelte verständnislos ihren Kopf. „Man könnte meinen, dass die Männer hier nur einen Kampf im Schreien austragen.“

Algenrieder lachte. „Schreien soll den Kampfgeist wecken, den Gegner einschüchtern und das Selbstbewusstsein stärken! Aber diese Übung hat jetzt vor allem dazu geführt, dass dein Diabolo vermutlich noch sicherer geworden ist. Nach dem Spectaculum wird er bei plötzlichen Schreien jedenfalls nicht mehr ausbrechen!“

„Wenn er das Spectaculum überhaupt noch erlebt! Diese Lanzen … ich hätte nie und nimmer …“

„Ach was“, beruhigte Hans Algenrieder sie. „Diese Dinger sehen gefährlicher aus als sie sind. Du brauchst keine Angst zu haben. Die Lanzen sind nicht aus Metall, sondern aus Fiberglas, dick mit Schaumstoff ummantelt, und wie du siehst, haben sie an ihrer Spitze so etwas wie einen Gummiball. Natürlich kann auch mit so einem ‚Spielzeug‘ mal etwas passieren, wenn man nicht Acht gibt, aber normalerweise bricht das Ding eher ab, als dass es größere Verletzungen verursacht. Und vergiss nicht, dass die Cascadeure ihre Kämpfe lange, lange geübt haben, damit auch wirklich keiner verletzt wird. Diese Ritterspiele gibt es schon einige Jahre, und es ist noch nie etwas Schlimmes passiert. Weder einem Reiter noch einem Pferd."

Das Mädchen seufzte tief auf. „Ihr Wort in Gottes Ohr, Herr Algenrieder, aber das sieht alles so echt und furchtbar gefährlich aus."

Der Kommissar lachte. „Das soll es ja auch!"

„Na toll ..." Ricky hatte ganz weiche Knie.

Günter kam zufrieden herübergeritten und nahm seine Lanze wieder entgegen. „Auf ein Neues!", sagte er lachend und lenkte Diabolo erneut zur Parallelbahn hinüber.

Ricky stockte der Atem, als sie sah, wie unerschrocken Diabolo nun in vollem Galopp auf seiner Seite der Bahn blieb, während die beiden „Ritter" sich anschrien, ihre Lanzen knapp aneinander vorbeischrammten und bis zum Ende der Bahn weiterpreschten.

„Hey, das war super!" Günter war vor Begeisterung vollkommen aus dem Häuschen. „Diabolo wird bis zum Wochenende perfekt sein! Nicht wahr, Thorsten? Der Junge macht das klasse!"

Der Reiter auf dem Schimmel kam grinsend zu ihm herübergetrabt. „Allerdings! Der Schwarze Ritter wird vor Neid erblassen."

Günter wandte sich an Ricky, die völlig hin und her gerissen war. Sollte sie dem Ganzen ein Ende bereiten? Andererseits schwoll ihr Herz vor Stolz immer mehr an.

„Du müsstest jetzt allerdings jeden Tag herkommen, damit wir dein Pferd weitertrainieren können. Geht das? Wir üben – sofern das Wetter mitspielt – morgens eine Stunde und nachmittags dann noch einmal ein bis zwei." Gespannt schaute Günter Diabolos Besitzerin an.

Ricky verzog ihr Gesicht. So hatte sie sich ihren Aufenthalt auf Hohenhausen nicht vorgestellt. Wenn die Ritter morgens und nachmittags trainierten, so würde sie täglich nur die gleiche Strecke reiten können, also immer nur zur Ruine und wieder zurück. All die anderen Ausritte mit Gwen, auf die sie sich so sehr gefreut hatte, wären somit für sie gestrichen. Und alles nur, damit sie zum Schluss sagen konnte: „Mein Pferd hat bei der Showeinlage der Ritter mitgewirkt." Stand das dafür?

Nachdenklich schaute sie Günter an, der noch immer in Diabolos Sattel saß.

„Ich muss darüber nachdenken", meinte sie dann, während sie sich bemühte, die Enttäuschung im Gesicht des jungen Mannes zu ignorieren. „Ich bin doch nur eine Woche hier!", versuchte sie sich zu rechtfertigen. „Wenn ihr Diabolo mit Beschlag belegt, dann habe ich ja fast nichts von ihm. Dann hätte ich ihn gleich zu Hause lassen können."

Günter sprang aus dem Sattel und drückte ihr die Zügel in die Hand. „Es ist deine Entscheidung." Er warf einen sehnsüchtigen Blick auf Diabolo. „Aber du solltest nicht allzu lange darüber nachdenken. Es ist nur noch eine Woche hin bis zur Show, und wenn wir uns nicht aufeinander einspielen können, dann hat alles keinen Sinn."

Ricky nickte. Es war ihr vollkommen klar, dass ohne Training nichts lief, aber sie konnte im Augenblick einfach keine Entscheidung treffen.

„Ich gebe dir morgen Bescheid", versprach sie und zog die Bügel wieder herunter.

„Na denn! Vielen Dank jedenfalls dafür, dass ich deinen Schwarzen heute reiten durfte. Er ist ein Spitzenpferd!" Günter nickte ihr zu und ging rasch weg.

Marc, der Diabolos Debüt als Ritterpferd von der anderen Seite des Innenhofs der Ruine beobachtet hatte, kam nun mit Sharazan wieder zurückgeritten.

„Und? Willst du immer noch, dass Diabolo vielleicht als Schaschlikspieß endet, falls die Ritter mit ihren Lanzen mal nicht so genau zielen können?“, fragte er ironisch, was Ricky überhaupt nicht lustig fand.

Sie ignorierte Marcs Bemerkung und stieg in den Sattel. „Tschüs, Herr Algenrieder! Vielleicht komme ich ja morgen wieder.“

„Schon möglich. Grüß mir die Gräfin recht herzlich!“

„Mach ich“, gab Ricky zurück und dirigierte Diabolo an Sharazan vorbei, ohne Marc auch nur anzuschauen. Irgendwie ging er ihr heute furchtbar auf den Wecker.

Schweigend ritten die beiden nebeneinander her, bis Ricky es nicht mehr aushielt.

„Sag mal, warum tust du das immer?“, fragte sie mit einem Mal.

„Ich weiß nicht, was du meinst“, gab Marc zurück.

„Das weißt du ganz genau! Warum tust du immer so, als könnte ich überhaupt nichts entscheiden? Das nervt echt! So, und damit du es weißt: Wenn du nicht so überheblich gewesen wärst, dann hätte ich Diabolo niemals als Ritterpferd zur Verfügung gestellt!“

„Ach! Jetzt bin ich schuld, oder wie?“, begehrte Marc auf. „Aber einer muss es ja sein! Hauptsache, du hast wieder einen Blöden gefunden, dem du die Verantwortung zuschieben kannst, wenn du selbst nicht weißt, wie du entscheiden sollst.“

„Das ist doch Quatsch! Aber …“

„Ich habe jetzt keinen Bock drauf, das zu diskutieren“, unterbrach Marc sie bestimmt.

„Ja klar! Oh Mann, du kannst einem wirklich die Ferien verderben!“

„Moment mal! Wer verdirbt hier denn wem alles? Ricky, du hast dich in der letzten Zeit zu so einer Oberzicke entwickelt; das ist echt nicht mehr normal! Wenn ich gewusst hätte, wie du dich hier aufführst, dann wäre ich besser auch zu Hause geblieben. Kathi hatte es wohl schon geahnt.“

Ricky warf ihrem Freund einen verärgerten Seitenblick zu. „Das ist jetzt voll gemein von dir!“

„Ach, lass mich doch in Ruhe!“ Marc nahm die Zügel kürzer und ließ Sharazan antraben. Diabolo wollte sogleich mitziehen, doch Ricky hielt ihn im Schritt zurück. Wenn Marc bockig sein wollte, bitte schön! Sie würde die Woche notfalls auch ohne ihn zu Ende bringen.

Gwen hatte mit ihrer Reitergruppe fast das Gelände der Ruine erreicht, als Marc ihnen entgegenkam.

„Hey, wo hast du denn Ricky gelassen? Ist sie einem mittelalterlichen Gesellen verfallen und in der Ruine abgetaucht?“, witzelte Gwen, als sie mit dem Jungen auf gleicher Höhe war.

„So in etwa hast du einen Volltreffer gelandet.“ Marc verzog das Gesicht. „Sie hat Diabolo als Ritterpferd verdingt.“

„Sie hat WAS?“ Gwen schaute ihn mit großen Augen an.

„Du hast schon richtig gehört“, bestätigte Marc seine Worte. „Diabolo soll am kommenden Wochenende seinen großen Auftritt haben, aber dafür muss jeden Tag trainiert werden. Jetzt weiß Ricky nicht mehr, wie sie das Ganze rückgängig machen soll, weil ihr das nun eigentlich doch nicht passt. Sie gibt mir die Schuld daran, dass sie sich zu dem Ganzen hat breitschlagen lassen! Zicke hoch drei, sage ich bloß!“

„Oje, ihr habt euch gestritten, oder?“ Gwen erblickte über

Marcs Schulter hinweg ihre Freundin, die mit Diabolo gemächlich heranzockelte.

„So könnte man es nennen. Ich reite mal zurück zum Gestüt“, meinte Marc.

„Ach was, komm doch noch ein Stück mit uns mit“, bat Jasmin ihn mit einem koketten Augenaufschlag.

„Ja, genau!“ Auch Gisi schaltete sich ein. „Wir wollten euch eh auf diesem Ausritt dabeihaben, aber leider wart ihr nicht rechtzeitig zu Hause.“

„An mir lag’s nicht … Na ja, okay. Wüsste eh nicht, was ich ohne euch so lange machen sollte.“ Marc wendete Sharazan und schloss sich Gwens Gruppe an.

„Ihr seid kaum ein paar Stunden bei uns und habt schon Zoff“, rührte Gwen das Thema noch einmal auf. „Habt ihr denn nichts Besseres zu tun? Ich meine, wir wollen hier doch alle zusammen unseren Spaß haben, oder etwa nicht? Streiten könnt ihr auch zu Hause.“

„Sag das Ricky!“

„Tu ich auch.“ Gwen bat die anderen Reiter, im Schritt zu bleiben, während sie selbst mit Black Jack in leichtem Trab auf ihre Freundin zuritt, um mit ihr zu reden. Es gefiel ihr überhaupt nicht, dass sich ihre beiden Freunde in der Wolle hatten, und sie würde alles daran setzen, damit sie sich wieder vertrugen.

„Hast du dich in einen Ritter verguckt, oder warum lässt du Marc alleine vorausreiten?“, begann Gwen, doch Ricky starrte nur dumpf vor sich hin. Einerseits war sie sauer auf Marc, andererseits wusste sie ganz genau, dass sie sich ihm gegenüber falsch verhalten hatte.

„Ach Gwen, jetzt tu doch nicht so! Marc hat dir doch sicherlich schon alles brühwarm erzählt, oder?“

„Na ja, nur ganz grob …“

„Dann bist du ja informiert.“

Gwen sah ihrer Freundin fest in die Augen. „Du bist bockig wie eine schwangere Blattlaus!“, stellte sie mit einem Mal fest.

„Wie was?“

„Eine schwangere, giftgrüne Blattlaus!“, wiederholte Gwen ernst.

Die beiden wechselten einen Blick, dann prusteten sie los.

„Woher weißt du überhaupt, dass schwangere Blattläuse bockig sind?“, brachte Ricky mühsam hervor.

„Na, das sehe ich doch an dir … Mensch, Ricky, jetzt sag mir lieber, was Sache ist! Ich kann nämlich gar nicht glauben, was Marc mir da erzählt hat. Du willst Diabolo zum Ritterpferd schlagen lassen?“

„Na ja, wenn Marc nicht …“, begann Ricky, doch Gwen würgte sie schon im Ansatz ab.

„Hey, stopp! Du allein bestimmst über dein Pferd! Und ich glaube nicht, dass Marc irgendetwas mit deiner Entscheidung zu tun hat, oder?“

„Eigentlich schon.“

„Nee, eigentlich gar nicht!“ Gwen schüttelte ihren Kopf. Sie bemerkte, dass sich die anderen Reiter schon bis auf wenige Meter genähert hatten. „Hör zu, Ricky“, sagte sie daher schnell. „Ich möchte nicht, dass sich zwei meiner besten Freunde zoffen! Und schon gleich gar nicht, wenn sie bei mir zu Besuch sind!“

Ricky zog einen Grimasse. „Du hast viel von deiner Großmutter, weißt du das?“

Gwen nickte. „Klar!“

Inzwischen waren die anderen Reiter zum Stehen gekommen, und Ricky fühlte sich richtig blöd. Verlegen schielte sie zu Marc hinüber, der demonstrativ in eine andere Richtung schaute.

„Okay“, sagte sie leise. „Marc, es tut mir leid! Ich hab’s nicht so gemeint!“

Der Junge brummelte etwas Unverständliches.

„Hieß dieses ‚Hhmmmpf-irgendwas‘ jetzt, dass du Rickys Entschuldigung annimmst?“, fragte Gwen mit einem Grinsen nach.

„Ja, ja!“, gab Marc jetzt etwas verständlicher zurück. Im Grunde genommen war auch er mehr als froh, wenn zwischen ihm und Ricky wieder alles in Ordnung war.

„Also ich hätte nicht so schnell klein beigegeben“, wisperte Jasmin Gisi zu. „Ricky ist mir genauso unsympathisch wie diese Anna!“

Gisi seufzte. „Das hast du schon mal gesagt. Aber so langsam frage ich mich, warum du mit mir auskommst, wenn du ansonsten alle möglichen anderen Leute, die du noch nicht mal kennst, ätzend findest“, meinte sie, doch Jasmin lachte nur auf.

„Ich mag dich halt. So einfach ist das“, erklärte sie ohne ein weiteres Wort.

„Na prima. Darauf kann ich mir ja was einbilden.“ Gisi setzte Mijou wieder in Bewegung. Im Gegensatz zu Jasmin fand sie sowohl Ricky als auch Anna sehr nett. Gut, sie kannten sich zwar erst seit ein paar Stunden und hatten auch noch nicht sonderlich viel miteinander geredet, doch Gisi stellte immer mehr fest, dass Jasmin nicht halb so freundlich war wie die beiden anderen Mädchen.

„Sag mal, Ricky, stimmt das, was Marc uns da gerade erzählt hat? Also, dass Diabolo ein Ritterpferd wird?“, fragte sie dann geradeheraus.

„Ja, wenn ich mich bis morgen nicht noch anders entscheide, könnt ihr ihn am Wochenende im Ritterzweikampf bewundern.“

„Irre! Reitest du ihn dort selbst?“, wollte Gisi wissen.

„Nee, natürlich nicht, obwohl mich das schon irgendwie total reizen würde. Außerdem wäre es mir einfach lieber, wenn ich selbst in Diabolos Sattel sitzen würde. Aber ich schätze mal, die Lanze wäre mir zu schwer und ich könnte sie niemals einhändig auch nur für ein paar Sekunden in der Waagrechten halten."

„Ich finde das klasse!" Gisi schaute Ricky bewundernd an. „Ich wäre absolut stolz auf mein Pferd ... also wenn ich ein Pferd hätte, meine ich."

„Geht mir nicht anders, aber die täglichen Trainingszeiten sind auch nicht ohne, und ob ich das will, ist noch eine andere Sache." Ricky erzählte den Reitern von ihrem Gespräch mit Günter.

Zum Schluss meinte Gwen: „Nun, ehrlich gesagt ... damit versaust du dir die Reiterferien. Du kannst im Prinzip während dieser sieben Tage nicht frei über dein eigenes Pferd bestimmen, und nach dieser Woche fährst du auch schon wieder nach Hause. Willst du wissen, was meine Meinung ist?" Gwen machte ein etwas säuerliches Gesicht. „Ich finde es einfach nur blöd! Die Reiter der Showtruppe haben nun wirklich alle ihre eigenen Pferde. Die sind auf Diabolo gar nicht angewiesen. Und außerdem ..." Gwen biss sich auf die Lippen, denn jetzt musste sie vor den anderen Farbe bekennen. „Und außerdem hatte ich mit dir und Diabolo etwas anderes vor!"

„Was denn?", fragte Ricky gespannt.

„Ich dachte, wir könnten zu viert als Crew an den öffentlichen Ritterspielen teilnehmen, die für die Reiter der Umgebung organisiert werden. Sie finden am Sonntag statt."

„Aha! Und wer sollte da alles mit ins Team?"

Gwen zuckte mit den Schultern. „Ursprünglich dachte ich an dich, an Kathi und an Marc. Aber da Kathi nicht mitgekommen ist, müsste ich jemand anderen dazunehmen."

Marc schaute Gwen entgeistert an. „Also, mich brauchst du ebenfalls nicht einzuplanen. Vergiss es einfach! Ich nehme an keinen Reiterspielen teil und schon gleich gar nicht an Ritterspielen! Sharazan eignet sich für so etwas überhaupt nicht."

Ricky war schon drauf und dran, ihrem Freund zu widersprechen. Sie wollte sagen, dass es keinesfalls Sharazan war, der sich nicht eignete, sondern dass Marc sich schlicht und ergreifend niemals angestrengt hatte, wenn irgendwo Reiterspiele auf dem Programm gestanden hatten. Doch dann ließ sie es lieber bleiben. Es würde mit Sicherheit wieder Streit geben, und den wollte sie nicht provozieren.

„Ach komm, Marc, sei kein Frosch! Es ist doch alles bloß Fun", versuchte es Gwen.

„Fun? Na, klasse! Vielleicht für die Zuschauer. Für mich ist das absolut nicht lustig, wenn ich mich blamiere!" Marc blieb stur, war jetzt aber wenigstens ehrlich.

„Also wenn euch noch jemand im Team fehlt, dann würde ich mich sofort zur Verfügung stellen", meinte Jasmin voller Überzeugung.

„Und falls Marc das Weite sucht, wäre ich notfalls auch noch da", warf Gisi ein.

„Siehst du, Gwen, du hast genügend Interessenten. Du bist auf mich überhaupt nicht angewiesen." Marc nickte dankbar zu den beiden Ferienmädchen hinüber.

„Ich hab dich aber angemeldet", erwiderte Gwen trotzig.

„Na und? Dann meldest du mich halt wieder ab. Das dürfte ja nicht sooo problematisch sein. Und das nächste Mal fragst du mich besser vorher!"

„Das habe ich absichtlich nicht getan, denn es war mir völlig klar, wie du reagieren würdest!"

„Könnten wir dieses Thema nun beenden?" Marc deutete auf die anderen Feriengäste, die der Unterhaltung interessiert gefolgt waren. „Ich glaube nicht, dass die Leute die Zeit damit verplempern wollen, unsere Diskussion hier mitanzuhören. Wie wäre es stattdessen mit einem schönen Galopp?“

„Galopp wäre toll“, meldete sich ein weiteres Mädchen. „Aber interessant ist’s trotzdem, was ihr da erzählt. Bin gespannt, wie’s ausgeht!“

„Da brauchst du überhaupt nicht gespannt sein“, meinte Marc. „Ich reite in keinen Ritterspielen, ganz gleich, ob ich angemeldet bin oder nicht – und fertig!“

Gwen lächelte ihn verbindlich an. „Okay“, gab sie augenscheinlich nach, doch als sie gleich darauf wieder die Tête übernahm, raunte sie Ricky im Vorbeireiten zu: „Der wird sich noch wundern. So einfach gebe ich nicht auf. Ich brauche ihn! Er ist der einzige Junge hier, und die Rüstungen passen uns Mädels leider nicht … Und bevor ich Jasmin mit ins Team nehme, sage ich unsere Teilnahme lieber ganz ab!“

Ricky hörte schweigend zu. Sie war hin und her gerissen; unschlüssig, was ihr im Moment wichtiger erschien: dass sie selbst an den Ritterspielen teilnahm oder aber der große Auftritt von Diabolo in der Showtruppe. Sie würde sich entscheiden müssen.

Kapitel 5

Als der Abend kam, saßen Gwen, Anna, Ricky und Marc zusammen in Gwens Zimmer und unterhielten sich über alles Mögliche. Jasmin und Gisi hatten sich den anderen Feriengästen angeschlossen, und so waren die vier Jugendlichen unter sich.

„Diese Ritterspiele für die normal sterblichen Reiter … was sind das eigentlich für Spiele?“, wollte Ricky nun wissen.

Marc stöhnte auf. „Können wir das Thema nicht einfach ruhen lassen?“

„Also, mich würde es auch interessieren“, warf Anna ein und schaute Gwen gespannt an.

„Alsdann … ich verabschiede mich schon mal. Bin heute irgendwie hundemüde!“ Marc stand abrupt auf, als Zeichen dafür, dass er von Rittern und deren Spielen für heute absolut genug hatte und man mit ihm keinesfalls rechnen sollte.

„Schlaf schön!“, sagte Gwen grinsend.

„Nacht.“ Missmutig verließ der Junge das Zimmer.

„Männer“, brummelte Ricky. „Wenn's ernst wird, dann kneifen sie!“

Anna und Gwen blinzelten sich zu.

„Also, nun lass hören!“

„Okay!“ Gwen holte tief Luft. „ Da gibt es als Erstes das Ringstechen. Da hängen kleine Ringe ganz locker fixiert an Seilen, die von einem Gestänge herunterbaumeln. Die Reiter müssen im Galopp versuchen, mit einer Lanze die Ringe zu durchstechen und sie auf diese Weise einzusammeln. Wer in kürzester Zeit die meisten Ringe beisammen hat, hat gewonnen.“

„Das sind dann aber nicht solche Riesenlanzen wie die, die wir heute gesehen haben, oder?“, fragte Ricky nach.

„Nee, nee, die sind wesentlich kleiner und leichter“, wurde sie von Gwen beruhigt. „Eigentlich sind es nur lange Holzstangen mit einem Haltegriff wie ihn ein Degen hat. Also nichts Besonderes!“

„Okay, das hört sich schon mal gut an. Und was steht sonst noch an?“

„Da gibt’s dann auch noch so Pfosten, auf die Holzkugeln aufgesteckt sind. Man muss zwischen den Pfosten im Slalom durchgaloppieren und dabei mit einer Art Pseudo-Morgenstern die Kugeln von den Halterungen schlagen. Ach ja, Bogenschießen gibt’s auch noch und diverse andere Kleinigkeiten, die dem Ritter Freude machen, wie Hufeisenwerfen und so harmloses Zeug“, wusste Gwen zu erzählen.

„Boah, Bogenschießen? Etwa vom Pferd aus?“ Annas Augen wurden groß.

„Ja klar vom Pferd aus! Sonst wär’s ja langweilig“, erwiderte Gwen grinsend.

„Und dafür hast du uns als Team angemeldet? Wie soll das denn funktionieren?“, wollte Ricky von ihrer Freundin wissen. „Ich habe so etwas noch nie in meinem Leben gemacht!“

„Irgendwann ist immer das erste Mal“, witzelte Gwen. „He, keine Angst! Wir werden das alles noch üben, bevor wir uns in der Öffentlichkeit blamieren. Ich habe das schon mit Kuno besprochen. Er hat in seinen Feierabendstunden ein paar Konstruktionen gebastelt, damit wir uns gut auf das Wochenende vorbereiten können. Ab morgen stünde unserem Wettbewerbstraining also nichts mehr im Wege, vorausgesetzt ..." Gwen schaute Ricky lange an. „Vorausgesetzt, dass du deinen Diabolo nicht anderweitig verplanst. Oder du müsstest dann halt den Wettbewerb mit einem von unseren Pferden reiten."

Ricky schüttelte vehement den Kopf. „Entweder reite ich auf Diabolo mit oder gar nicht!", sagte sie bestimmt. „Bis morgen werde ich wissen, wie ich mich entscheide!"

Gwen nickte. „Ich hoffe natürlich, dass du in mein Team kommst. Schließlich steht der gute Name des Gestüts auf dem Spiel."

„Wenn ich nur nicht so viel Schiss vor dem Galoppieren hätte", seufzte da Anna. „Ich glaube, mir würden diese Spiele auch einen Riesenspaß machen. Aber nur im Trab ist halt leider auch kein Blumentopf zu gewinnen."

Ricky und Gwen sahen sich an.

„Wie wäre es denn, wenn wir dich gezielt trainieren? Ich bin davon überzeugt, dass du es bis zum Wochenende schaffst, beim Galopp eine ordentliche Figur im Sattel zu machen", schlug Gwen selbstsicher vor. „Allerdings ... ist Imola für den Wettbewerb wirklich zu langsam. Du solltest da dann natürlich schon ein etwas schnelleres Pferd reiten."

Anna wurde bleich. „Ich weiß aber nicht, ob ich das wirklich möchte", sagte sie leise.

„Überleg's dir einfach! Du kannst es schaffen, wenn du nur willst", meinte nun auch Ricky.

„Und außerdem hätte ich viel lieber dich im Team als Jasmin oder Gisi. Aber wenn Marc tatsächlich abspringt, und du, Anna, auch nicht mitmachen möchtest, dann bleibt mir fast nichts anderes übrig, als die beiden Mädels reiten zu lassen. Wäre im Prinzip, rein reiterlich gesehen, zwar nicht die schlechteste Lösung, aber wenn's anders geht, wäre ich glücklicher. Und wenn alle Stricke reißen, dann muss ich unsere Teilnahme ganz absagen. Das wäre allerdings ewig schade!"

„Marc kriegen wir schon noch rum!", sagte Ricky voller Überzeugung.

„Meinst du? Das hat sich heute Nachmittag aber gar nicht so angehört."

„Er wird reiten!", beharrte Ricky, dann standen die Mädchen auf und verabschiedeten sich von Gwen.

„Es ist spät geworden und ich bin total müde", gähnte Ricky, wobei ihr Anna vorbehaltlos zustimmte.

„Na, dann schlaft schön, ihr Ritterinnen. Wir werden das alles schon irgendwie auf die Reihe kriegen. Glaubt mir, das wird ein Heidenspaß!", gab Gwen ihnen noch mit auf den Weg ins Bett, und morgen ... morgen würde sie alle Hebel in Bewegung setzen, um Marc von der Notwendigkeit seiner Teilnahme an den Spielen zu überzeugen. Blieb dann nur noch zu hoffen, dass Ricky sich ebenfalls für die Reiterspiele entscheiden würde ...

Ricky war im Traum als gepanzerter Ritter auf Diabolo unterwegs und versuchte, Ringe zu stechen und Kugeln von ihren Halterungen herunterzuschlagen, während Marc ihr immer wieder im Weg stand und sagte: „Ich mag keine zickigen Ritter!"

Sie war froh, als diese Nacht endlich vorüber war. Was aber ihre Entscheidung wegen Diabolo anging, war sie immer noch genauso schlau wie am Vorabend. Ricky hatte so sehr gehofft, dass sie am frühen Morgen aufwachen und es wissen würde.

„Vielleicht sollte ich einfach überhaupt nicht mehr bei der Ruine erscheinen", überlegte sie sogar, doch ihr war klar, dass dies Günter gegenüber ziemlich fies gewesen wäre. Schließlich war der junge Mann sehr nett, und er mochte Diabolo, was ganz auf Gegenseitigkeit beruhte.

Ricky war fast die Letzte, die zum Frühstück in der Küche erschien. „Huch, schon so spät?", fragte sie erschrocken, doch Gwen schüttelte ihren Kopf.

„Nö, eigentlich nicht. Guten Morgen! Gut geschlafen?"

„Geht so! Was steht heute an?" Ricky nickte den übrigen Reitern freundlich zu, dann gab sie Marc einen Kuss auf die Wange und setzte sich neben ihn.

„Noch böse?", fragte sie ihn leise und war froh, als der Junge den Kopf schüttelte.

„Und du? Wie hast du dich entschieden?"

„Noch gar nicht", wisperte sie zurück und lauschte dann dem, was Gwen gerade erklärte.

„Also nachher kommt eine Fuhre Heu. Wer möchte, kann gerne beim Abladen helfen. Ansonsten habt ihr heute sozusagen euren freien Tag", kicherte die. „Schließlich seid ihr ja im Grunde genommen nicht zum Arbeiten hier. Diejenigen, die Platzreitstunden haben, kommen bitte gegen zehn in den Stutenstall, die Ausritt-Kandidaten treffe ich um vier an der üblichen Stelle. Sonst noch Fragen?" Gwen schaute in die Runde, während sie herzhaft in ihr Marmeladebrötchen biss.

„Ja! Dürfen wir jetzt in dem Ritterteam mitreiten oder nicht?", fragte Jasmin laut und sah abwechselnd Gwen und Gisi an.

Die Enkelin der Gräfin verschluckte sich fast. Laut inszenierte sie einen Hustenanfall, um ein bisschen Zeit für ihre Antwort zu schinden.

„Das … habe ich noch nicht entschieden“, brachte sie schließlich etwas undeutlich hervor. „Aber ihr werdet es rechtzeitig erfahren.“

„Soll ich auch um zehn Uhr da sein?“, fragte Anna.

„Nein. Du kriegst eine Einzelstunde“ Gwen nickte ihr freundlich zu, und Jasmin stieß Gisi in die Seite.

„Sie kriegt eine Extrawurst gebraten! Ist das nicht ungerecht?“, zischte sie halblaut. „Und wir müssen zu sechst unsere Ritte absolvieren, obwohl mir Einzelstunden auch wesentlich besser gefallen würden! Aber vielleicht hat man einfach Vorteile, wenn man nicht als zahlender Gast hierher kommt, sondern als popeliger Gewinner eines Malwettbewerbs oder so.“

„Das habe ich genau gehört, Jasmin!“ Gräfin Eleonore von Hohenhausen stand auf einmal in der Tür, unweit von Jasmins Sitzplatz entfernt. „Ich denke, du solltest es uns überlassen, die Art und Weise der Reitstunden für unsere Feriengäste festzulegen!“ Das Mädchen wurde unter dem überfreundlichen Lächeln der Gräfin knallrot und versteckte sich hinter ihrer Kaffeetasse.

Anna war deutlich anzusehen, dass sie sich unwohl fühlte, wegen der Reitstunden-Sonderregelung.

„Ich denke, ich brauche keine Einzelstunden“, sagte sie tapfer.

„Oh, du kriegst sie auch nur bedingt“, entgegnete Gwen.

„Wie meinst du das?“

„Das wirst du nachher schon sehen!“

Etwa eine halbe Stunde später verließen Gwen, Ricky, Marc und Anna das Haus, um in die Stallungen hinüberzugehen.

„Jetzt solltest du dich aber langsam entscheiden“, meinte Gwen. „Schließlich muss ich auch wissen, ob ich dich in unserem Team einplanen kann.“

Ricky seufzte auf. „Vielleicht würde es ausreichen, wenn er nur ein Mal pro Tag trainiert wird. Dann hätte ich immer noch genügend Zeit zur freien Verfügung."

Marc verdrehte lediglich die Augen, vermied es jedoch, einen weiteren Kommentar abzugeben. Rickys Reaktion vom Vortag war ihm noch in allzu unguter Erinnerung.

„Na ja, das musst du selbst wissen", antwortete Gwen. „Jetzt bist du jedenfalls noch hier, und wir könnten mal Kunos mittelalterliche Basteleien ausprobieren. Habt ihr Lust?"

„Ja klar!" Ricky war sofort Feuer und Flamme.

„Eigentlich nicht", kam es hingegen von Marc, und Anna war sich nicht sicher.

„Das ist bestimmt super", sagte sie gedehnt. „Aber ich glaube nicht, dass ich das auf die Reihe kriege."

Gwen schob Anna zu Imola hin und drückte ihr den Putzbeutel, der an einem Haken an der Außenwand der Box hing, in die Hand.

„Das wird jetzt einfach einmal ausprobiert. Mit dem Reiten ist es im Grunde genommen auch nicht anders als mit dem Singen", sagte sie. „Wenn du die Bühne betrittst, um vor einem Publikum zu singen, dann hast du erst einmal riesiges Lampenfieber, weil du nicht sicher bist, ob du die Leistung, die du von dir erhoffst, auch bringst oder ob du dich blamierst. Beim Reiten ist es ganz genauso. Du fragst dich zwar nicht, ob du den Ton halten kannst, sondern ob du im Sattel bleibst oder nicht, aber im Endeffekt erfährst du die Antwort auch nur, wenn du über deinen Schatten springst und dir etwas zutraust! Verstehst du, Anna?" Gwen sah dem Mädchen in die Augen.

Auf einmal musste Anna lachen. „Mann, das war jetzt aber ein schlechter Vergleich! Lieber stelle ich mich auf eine Riesenbühne und singe vor der halben Welt, als dass ich im Galopp über ein Stoppelfeld jage! Singen ist doch viel einfacher als reiten!“

Marc grinste. „Ist es nicht! Du solltest mich mal singen hören!“

„Also los, Leute, jetzt wird’s ernst! Sattelt eure Pferde und lasst uns dann zur alten Fohlenweide reiten! Kuno hat dort unseren Trainingsplatz aufgebaut.“

Marc verzog sein Gesicht.

„Ich begleite euch noch bis zur Koppel, dann reite ich ein wenig durch die Gegend. Währenddessen könnt ihr euch mit Ritterspielen vergnügen!“

„Wie du willst. Aber du wirst es bereuen.“

Anna war bleich geworden. „Ich soll da wirklich auch mitmachen? Aber ich …“

„Das ist heute deine ganz persönliche Reitstunde! Einzelunterricht in der Gruppe und sozusagen mit Elementen der Vertrauenslehre zwischen Reiter und Pferd.“

„Klasse! Das gibt eher einen Vertrauensaufbau zwischen Reiter und Erdboden, so, wie ich mich kenne!“ Anna blickte etwas verzweifelt drein, doch gleich darauf winkte sie ab. „Ach, was soll’s! Entweder ich lern’s endlich, oder ich brauche mich erst gar nicht mehr aufs Pferd zu setzen!“

„Na, wenn das jetzt keine richtig gute Antwort war, dann will ich nicht mehr Gwendolyn von Hohenhausen heißen!“

„Wow, das sieht aber toll aus! Ein richtiger Parcours!“ Ricky nickte Kuno begeistert zu, der natürlich bereitstand, um zu sehen, ob die Jugendlichen mit seinen selbst gebauten Geräten zurechtkamen.

„Hab mich ja auch mächtig angestrengt“, sagte er ein wenig verlegen. „Jetzt zeigt mir aber mal was!“

„Okay! Dein Wunsch ist uns Befehl. Wir wollen aber zuerst die Pferde noch ein wenig aufwärmen.“

Gwen ritt mit Black Jack voran, Ricky und Anna folgten ihr. Nur Marc blieb mit Sharazan bei Kuno stehen.

„Und was ist mit dir?“, fragte der Stallhelfer.

Marc winkte ab. „Diese Spielchen sind nichts für mich. Während sich die Mädels hier vergnügen, werde ich ein wenig durchs Gelände zockeln.“

„Das ist aber schade!“ Kuno wirkte ein wenig enttäuscht. „Du würdest so einen schönen Rittersmann abgeben! Ehrlich!“

„Sonst noch was?“ Marc grinste schief, dann ritt er mit Sharazan los. „Ritter“, brummelte er. „So weit kommt’s noch!“

„Boah, wie war ich?“ Ricky war schlichtweg begeistert, nachdem sie es geschafft hatte, ein paar Ringe einzusammeln und nach unzähligen Fehlversuchen sogar die eine oder andere Kugel von ihrer Halterung abzuschlagen. Völlig erhitzt erholte sie sich in Diabolos Sattel und schaute nun Gwen zu, die ihr Glück versuchte.

„Super! Du bist ein echtes Naturtalent!“, rief Ricky ihrer Freundin gleich darauf zu, als Black Jack mit seiner Reiterin zum Ausgangspunkt zurücktrabte. Kuno hängte für Anna die Ringe wieder ein und steckte die Kugeln auf die Halterungen.

„Ich kann das nicht!“ Anna schluckte aufgeregt. „Wenn ich sehe, wie ihr da so locker mit einhändiger Zügelführung losreitet … Das schaffe ich nie!“

„Natürlich kriegst du das auf die Reihe!“ Gwen nickte ihr aufmunternd zu. „Weißt du was? Du reitest mit Imola jetzt erst einmal im Schritt und versuchst dabei, sie einhändig im Slalom um die Stangen herum zu bringen. Wenn du an einer Kugel vorbeikommst, lässt du Imola halten und schlägst die Kugel ab. Dann reitest du weiter.“

„Okay!“ Anna atmete tief durch. Es kostete sie schon große Überwindung, überhaupt eine Hand von den Zügeln zu nehmen, doch bald wurde ihr klar, dass auf Imola Verlass war. Sie war ein Pferd, das sich immer auf seinen Reiter und dessen Reitweise einstellte, also machte sie noch nicht einmal den Versuch, auszubrechen.

„Gut so, Anna! Das machst du prima!“, lobte Gwen. „Und jetzt halt an und mach der Kugel den Garaus!“

Anna schwang ihren Pseudo-Morgenstern erst etwas zaghaft, doch nachdem sie die erste Kugel getroffen hatte, stieg auch ihr Selbstvertrauen. Nachdem sie im Schritt durch die Stangen geritten war, wendete sie ihr Pferd und rief: „Ich versuche das jetzt mal im Trab!“

„Genau! Und schön locker dabei bleiben!“, rief Ricky ihr zu.

„Warum hat sie nur so eine Angst davor, zu galoppieren?“, fragte Gwen leise. „Sie reitet doch wirklich nicht schlecht.“

„Stimmt“, gab Ricky zurück. „Aber ich glaube, sie packt das noch.“

„Na logo! … Hey, Anna, wenn das so weitergeht, dann wirst du uns abhängen und nächstes Wochenende die meisten Punkte für uns sammeln.“ Gwen streckte den Daumen in die Höhe.

„Das glaubst du doch wohl selbst nicht!“ Anna lachte stolz.

„Klar glaube ich das. So, und jetzt vergisst du einfach mal die Kugeln und auch die Ringe.“

„Aha, und dann?“

„Dann konzentrierst du dich, nimmst die Zügel wieder richtig auf und galoppierst mit Imola ein Mal im langsamen Galopp rund um die Koppel!“

Anna schaute erschrocken auf. „Galoppieren? Auf dieser

ewig langen, riesengroßen Wiese, wo Imola bockend durchgehen kann?“

Gwen lachte. „Ach was, Imola ist dafür viel zu faul! Sie hat noch niemals gebuckelt und ist in ihrem ganzen Leben noch nie mit einem Reiter durchgegangen. Man könnte einen Säugling auf ihren Rücken setzen und alleine ins Gelände schicken“, behauptete sie.

Anna kämpfte mit sich selbst.

Ricky lenkte Diabolo neben Imola.

„Komm, trau dich! Reite einfach nahe am Zaun entlang. Ich werde mit Diabolo nebenhergaloppieren, sodass Imola noch nicht mal auf den Gedanken kommen könnte, seitlich auszubrechen. Wär das okay für dich?“

Anna zögerte einen Augenblick, dann nickte sie. „Okay. Das klingt nicht schlecht! Aber ihr dürft mir nicht böse sein, dass ich nach ein paar Galoppsprüngen wieder durchpariere, wenn ich kein gutes Gefühl dabei habe.“

„Das ist in Ordnung, nicht wahr, Frau Reitlehrerin?“ Ricky wandte sich an Gwen, die zustimmend nickte.

„Klaro!“

„Also los geht's! Fertig, Anna?“, fragte Ricky. „Dann traben wir jetzt bis zur Ecke und galoppieren dort an.“

„Gut“, antwortete Anna, obwohl gar nichts gut war. Ihr innerer „Galopp-Schweinehund“ signalisierte ihr immer wieder Angst – Angst – Angst … Rasch schloss sie ihre Augen, und begann mit einem Mal, eine hübsche Melodie zu summen.

Imola und Diabolo hoben ihre Köpfe und drehten ihre Ohren zur Seite, um zu orten, woher diese angenehm klingenden Töne kamen.

„Ich hoffe, das stört euch nicht“, meinte Anna. „Nur wenn ich singe, werde ich ruhiger!“

„Du kannst von mir aus Tag und Nacht singen, wenn du

Imola dafür jetzt in Bewegung setzt", gab Ricky lachend zurück, und gleich darauf trabten die beiden Pferde Kopf an Kopf die Koppel hinunter.

„Und, was glaubst du? Wird sie galoppieren oder nicht?", fragte Kuno, der mit Gwen die beiden Reiter beobachtete, gespannt.

„Sie wird!" Gräfin Eleonores Enkelin war davon voll überzeugt. „Sie hat zwar Angst, aber sie ist ehrgeizig. Sie wird an den Punkt gelangen, wo sie sich selbst beweisen möchte, dass sie mutig ist. Und überhaupt … schau sie dir doch an! Sie hat überhaupt keinen Grund dazu, Panik zu schieben. Sie reitet echt gut!"

„Und jetzt Galopp!", rief Ricky in der Ecke, und mit bebendem Herzen drückte Anna die Unterschenkel an den Leib ihres Pferdes.

„Es kann nichts Schlimmeres passieren, als dass ich runterfalle", dachte sie, doch bereits nach den ersten paar Metern war Anna klar, dass sie sich schon wirklich blöd anstellen müsste, um „den Boden zu küssen". Imolas Galopp glich dem eines Schaukelpferdes. Ruhig – rund – sicher.

„Na siehst du! War doch nur halb so schlimm, oder?", sagte Gwen strahlend, als Ricky und Anna ihre Galopprunde beendet hatten.

Etwas verlegen grinste Imolas Reiterin.

„Gleich noch mal?", fragte Gwen.

„Aber immer doch!", kam Ricky Anna zuvor und brachte Diabolo wieder an Imolas Seite. Erneut trabten sie an.

Nachdem sie wieder aus der Ecke heraus angaloppiert waren, blieb Ricky mit ihrem Pferd noch für ein paar Meter an Imolas Seite, dann verlangsamte sie Diabolos Galopp.

„Reite weiter! Ich bin direkt hinter dir", rief sie und ließ Anna nun mit Imola vorausgaloppieren.

„Na siehst du, geht doch prima!", ermunterte sie das

Mädchen und freute sich mit ihm, als es Imola zum Schluss vor Gwen und Kuno durchparierte.

„Danke!“, rief Anna strahlend aus und klopfte ihrem Pferd überschwänglich den Hals. „Das war ein super Gefühl!“

„Und da war keine Angst mehr, oder?“, fragte Gwen.

Anna schüttelte ihren Kopf. „Nein. Eigentlich nicht. Aber es ist ja noch mal was anderes, auf einer eingezäunten Koppel oder einem Reitplatz zu galoppieren als draußen im freien Gelände.“

„Ach was! Mit Imola gibt’s da keinen Unterschied.“ Gwen warf einen Blick auf ihre Armbanduhr. „Oh Mist, es ist schon halb zehn! Ich hab ja Reitstunde! Leute, wir müssen leider aufhören!“

„Schade!“ Anna war nun fast ein wenig enttäuscht, dass es schon wieder zurück in den Stall ging.

Ricky stutzte einen Augenblick, dann sagte sie: „Ich reite noch kurz zur Ruine rüber. Ich muss jetzt einfach klären, was Sache ist.“

„Okay, mach das!“ Gwen nickte Anna zu. „Kommst du?“

„Äh … sag mal, könnte ich heute vielleicht mit Ricky mitreiten? Ich meine, wenn wir nicht galoppieren, dann könnte ich mich ans Gelände gewöhnen“, bat sie.

Gwen überlegte einen Augenblick. „Omilein gefällt’s gar nicht, wenn ich unsere Gäste alleine ins Gelände lasse. Von wegen Verantwortung und so.“

„Aber ich wäre doch nicht allein! Ricky ist doch dabei, und du hast gesagt, dass auf Imolas Rücken selbst ein Säugling sicher wäre!“

„Aber ich trage in diesem Fall die Verantwortung für dich“, antwortete Gwen ernst.

„Och komm, Gwen, jetzt sei doch kein Frosch! Wir passen auch ganz arg auf, versprochen! Ich fände es klasse, wenn Anna mitkommen könnte." Ricky schaute ihre Freundin bittend an.

„Omilein reißt mir den Kopf ab!", seufzte Gwen und wandte sich Hilfe suchend an Kuno.

„Ich habe nichts gesehen und nichts gehört", meinte der und stapfte zu seinem Jeep hinüber. Er musste wieder zurück an seine Arbeit.

„Na gut. Aber seid bloß vorsichtig!"

„Danke, Gwen!" Anna strahlte, und auch Ricky freute sich sehr. Sie hatte Anna innerhalb dieser kurzen Zeit richtig lieb gewonnen.

„Okay, dann rausche ich mal ab. Bleibt aber nicht zu lange fort, sonst bekommt meine Großmutter die Krise!"

„Versprochen!" Ricky winkte Anna, ihr zu folgen. „Wir werden jetzt einen richtig schönen, relaxten Ausritt machen, und wenn wir zurückkommen, dann wirst du dir nichts Herrlicheres mehr vorstellen können, als auf dem Pferderücken durch die Gegend zu gondeln."

Anna lachte. „Weißt du was? Heute morgen hätte ich dir noch widersprochen. Aber jetzt … jetzt kann ich mir sogar vorstellen, dass du recht behältst!"

An der Ruine herrschte schon am frühen Morgen ein ziemliches Tohuwabohu.

Freizeit-Ritter polierten ihre Rüstungen und ließen sie sich von ihren Knappen anlegen. Dabei musste so manch ein Rittersmann kräftig den Bauch einziehen, weil er in den vergangenen Monaten wohl doch etwas zu viel an Gewicht zugelegt hatte.

„Das hält ja kein Mensch aus!", stöhnte Ritter Thorsten und starrte fassungslos an sich hinunter. „Ich habe überhaupt nicht gemerkt, dass ich zugenommen habe."

„Ja, ja, seit dem letzten Spektakel ist nun auch schon ein

Jahr vergangen. Dein Bauch hat sich in dieser Zeit wohl mehr auf Bier als auf eine Rüstung eingestellt", bemerkte Günter feixend.

„Bier? Ach woher denn! Kann gar nicht sein! Sicherlich hat Bernd nur die Rüstungen vertauscht", versuchte sich Thorsten zu verteidigen.

„Klar! Rüstung vertauscht. Sonst noch was?"

„Oder er hat sie zu heiß gewaschen, dass sie eingegangen ist!"

Günter nickte. „Logisch! Vielleicht hat er sie auch noch in den Trockner gesteckt, oder wie?"

Thorsten nickte eifrig. „Genau! Das wird's sein! Rüstungen schnurren im Trockner gnadenlos zusammen." Er wollte noch etwas hinzufügen, doch da wurde sein Blick von einem Pferdetransporter, der eben auf den Innenhof der Burgruine rollte, angezogen.

„Oha! Der Schwarze Ritter naht!"

Günter atmete tief durch und machte dann mit dem Kopf eine Bewegung zur Seite hin. „Nicht nur der Schwarze Ritter. Bernd steht auch schon auf der Matte. Manchmal habe ich so das Gefühl, als ob der immer irgendwo in den Startlöchern hockt und nur darauf wartet, dass Holger hier erscheint."

„Und wie der guckt! Da ist doch schon wieder Zoff vorprogrammiert! Weißt du eigentlich, warum die beiden sich so überhaupt nicht leiden können?", fragte Thorsten, während er sich wieder aus seiner Rüstung befreite.

Günter zuckte mit den Schultern. „Also genau weiß ich es nicht, aber es geht das Gerücht um, dass Bernd wohl diesen Friesenhengst kaufen wollte und Holger ihm das Pferd im letzten Moment vor der Nase weggeschnappt hat. Das kann Bernd ihm nicht verzeihen. Schließlich hatte er schon Wochen vorher damit geprahlt, dass er Shadowdancer so gut wie gekauft hat, und noch ehe er überhaupt mit dessen Vorbesitzer geredet hatte, hatte er schon im Voraus Decktermine verteilt – großspurig wie immer!“

Thorsten schüttelte seinen Kopf. „Wie blöde kann man denn noch sein? Wer preist einen Hengst an, wenn er ihm noch gar nicht gehört?“

„Eben! Na ja, und bei den Interessenten hat er halt nun sein Gesicht verloren.“

„Selbst schuld!“ Thorsten schaute in die Richtung der beiden Kampfhähne, die sich inzwischen gegenüber standen.

„Du kannst nicht mit einem Hengst an den Reiterspielen teilnehmen!“, giftete Bernd gerade.

„Warum nicht?“ Betont gleichgültig ging Holger Amstetter an ihm vorüber, um die Klappe des Transporters zu öffnen.

„Hast du vergessen, dass wir hier auch Stuten haben?“

„Na und? Shadowdancer macht deswegen keinen Stress“, behauptete Holger.

„Aber vielleicht die Stuten!“

„Nun mach dir mal nicht in die Hosen! Ich glaube nicht, dass hier irgendjemand mit einer rossigen Stute auftaucht! Die sind viel zu zickig, als dass man mit ihnen Wettbewerbe reiten könnte, und unser Showtrupp reitet sowieso nur Wallache!“

„Es geht aber ums Prinzip!“ Bernd verschränkte seine Arme vor der Brust. „Es ist einfach zu gefährlich mit dem Hengst!“

„Wie wäre es, wenn du dich jetzt mal um dich selbst, um deine eigenen Angelegenheiten und um deine eigenen Pferde kümmern würdest?“, fragte Holger gereizt. „Ich bin mir sicher, dass du heute protzend hier stehen und ihn als Deckhengst anpreisen würdest, wenn Shadowdancer dir gehören würde. Mensch, Bernd, es wäre an der Zeit, endlich mit diesem Mist aufzuhören! Akzeptiere endlich, dass ich der Gewinner beim Spiel um Shadowdancer war! Du hast damals einfach zu wenig für ihn geboten! War doch klar, dass der Besitzer mir da den Zuschlag gibt, oder?"

„Du hast den Preis hochgetrieben!", knurrte Bernd.

„Das ist Blödsinn, und du weißt das auch ganz genau!" Holger schob Bernd zur Seite.

„Fass mich nicht an!", zischte der und funkelte ihn zornig an. Seine Augen weiteten sich und bekamen einen unnatürlichen Glanz, als Holger Shadowdancer auslud. Bernd würde es nie verwinden, dieses Pferd nicht besitzen zu können.

Kapitel 6

„Ah, da bist du ja wieder!“ Günter freute sich sichtlich, Ricky und Diabolo zu sehen. Noch vor Kurzem hätte er Stein und Bein geschworen, dass dieses Mädchen mit seinem Pferd nicht mehr erscheinen würde.

„Na, mein Junge, wie geht’s dir?“ Er strich dem Rappen zur Begrüßung über den Hals und nickte auch Anna zu, die interessiert das Gelände der Ruine in Augenschein nahm.

„Und? Hast du es dir überlegt?“, fragte er dann Ricky und schaute sie gespannt an.

„Ehrlich gesagt, ich bin mir immer noch nicht sicher.“ Ricky zuckte mit den Schultern. „Eigentlich bin ich ja nach Hohenhausen gekommen, um mit meinen Freunden zu reiten, nicht, um nur zuzusehen, wie mein eigenes Pferd jeden Tag von anderen Leuten geritten wird. Außerdem möchte ich gerne an den Spielen am Sonntag teilnehmen, und wenn hier jeden Tag mit Diabolo für die Ritterkämpfe trainiert wird, dann kann ich ja nicht mit ihm üben.“

Günter nickte. Er konnte das Mädchen gut verstehen, auch wenn er enttäuscht war, dass er dieses herrliche Pferd nun wohl doch nicht reiten konnte.

„Schade!“, meinte er dann mit einem Blick auf Diabolo. „Wir beide wären sicher ein gutes Team gewesen.“

„Hey, ich habe ja nicht gesagt, dass du ihn nicht reiten

darfst. Ich möchte nur nicht, dass du zwei Mal am Tag mit ihm trainierst. Wenn du mit einem Mal am Vormittag hinkommst, dann steht dem Ritterpferd nichts im Weg“, machte sie Günter ein Zugeständnis.

Der junge Mann überlegte hin und her, ehe er schließlich den Kopf schüttelte. „Es tut mir leid, Ricky, aber das ist unmöglich! Unsere Show muss reibungslos funktionieren, und damit alles funktioniert, müsste Diabolo wirklich noch gut trainiert werden. Aber ich kann natürlich verstehen, dass du ihn in den Ferien auch gerne selbst reiten möchtest.“

Ricky presste die Lippen aufeinander. Wie sollte sie sich jetzt nur entscheiden?

Ratlos schaute sie Anna an.

„Ich kann dir da leider nicht weiterhelfen“, meinte die bedauernd und zuckte mit den Schultern.

„Aber was würdest du an meiner Stelle machen?“

Anna überlegte, dann sagte sie: „Wenn ich ein eigenes Pferd hätte, das ich ansonsten jeden Tag im Jahr reiten könnte, dann würde ich schon mal für eine Woche verzichten. Schließlich ist ein Ritterpferd etwas ganz Besonderes.“

„Hmm, da hast du recht.“ Ricky nickte Günter zu. „Also gut. Auch auf die Gefahr hin, dass Gwen mir den Kopf abreißt …“ Sie sprang aus dem Sattel und drückte Günter Diabolos Zügel in die Hand. „Ich glaube, Diabolo mag dich!“

Der junge Mann konnte es gar nicht fassen. „Und du bist dir wirklich sicher?“, fragte er noch einmal nach.

„Nimm einfach die Zügel“, wehrte Ricky lachend ab. „Nicht, dass ich es mir doch noch mal anders überlege!“

„Okay!“ Günter klopfte Diabolo den Hals, dann zwinkerte er Ricky zu. „Wir werden alles daransetzen, gegen den Schwarzen Ritter zu gewinnen!“

„Hihi, träum weiter!“ Eine junge Frau im mittelalterlichen Outfit, die dem Gespräch gelauscht hatte, grinste Günter breit an.

„Ach, Karin … Na ja, versuchen kann man es ja mal. Steht doch nirgends geschrieben, dass der Schwarze Ritter jedes Jahr als Sieger vom Platz gehen muss, oder?“

„Aber es ist seit Jahren Tradition.“

„Schon, aber vielleicht kann ich mit Holger einen Deal machen.“

„Was für einen denn?“

„Dass er mit Shadowdancer einen Durchgang gewinnt und ich mit Diabolo den zweiten.“

Karin lachte. „Das wär mal etwas Neues.“

„Na, jedenfalls werden die Leute begeistert sein, wenn diese beiden tiefschwarzen Prachtpferde gegeneinander antreten. Diabolo und der Friesenhengst … Das wird gigantisch!“

Anna, die bislang nur mit einem Ohr zugehört hatte, merkte jetzt auf. „Shadowdancer ist ein Friese? Ich liebe Friesen! Und dieser Name ist einfach nur toll!“, begann sie zu schwärmen.

„Ja, allerdings. Ein toller Name für ein noch tolleres Pferd. Wenn ihr zu den Transportern rübergeht, könnt ihr ihn euch anschauen. Holger ist vorhin mit ihm zum Training eingetroffen.“

Anna wurde bei diesen Worten ganz zappelig. „Komm, Ricky, lass uns mal gucken gehen!“

„Geh du schon mal vor! Ich komme später nach. Ich möchte gerne bei Diabolos Training zusehen“, sagte Ricky zu ihrer Begleiterin und streckte die Hand nach Imolas Zügeln aus. „Du kannst Imola hierlassen.“

„Super. Danke!“ Anna rutschte aus dem Sattel, lief strahlend davon und stand gleich darauf mit einem verklärten

Blick vor Shadowdancer, der gerade von seinem Besitzer gesattelt wurde.

„Himmel, ist der schön!“, entfuhr es ihr spontan. „So einen herrlichen Friesen habe ich ja in meinem Leben noch nicht gesehen.“

Holger wandte sich geschmeichelt um. Obwohl fast jeder, der Shadowdancer zu Gesicht bekam, auf diese Weise reagierte, freute es ihn immer wieder.

Nicht weit entfernt stand Bernd da und warf immer noch giftige Blicke auf Holger und seinen Hengst.

„Ja, er ist wirklich klasse! Freut mich sehr, dass er dir gefällt.“ Holger stutzte einen Moment. „Kannst du reiten?“, fragte er dann, während er Bernd nicht aus den Augen ließ.

Anna schaute ihn verdutzt an. „Klar“, antwortete sie ohne lang zu überlegen.

Shadowdancers Besitzer nickte ihr freundlich zu. „Wenn du willst, kannst du ihn ein wenig im Schritt bewegen. Bleib aber bitte hier auf dem Innenplatz, damit ich dich nachher nicht suchen muss! Ich muss mich noch um meine Rüstung kümmern, die da drüben in irgendeiner Kiste liegt.“ Er deutete auf die Zeltstadt, die gerade außerhalb der Ruine aufgebaut wurde. Mit einer Kopfbewegung auf Bernd fügte er hinzu: „Da es auch Neider gibt, die mir mein Pferd nicht gönnen, würde ich Shadowdancer nur ungern alleine lassen.“

Anna musterte Bernd. „Kann ich verstehen. Aber … Shadowdancer ist ein Hengst und ich …“ Sie verstummte.

Holger lachte. „Ja, er ist ein Hengst! Und was für einer! Du wirst im Umkreis keinen besseren finden! Aber mach dir keine Gedanken wegen des Reitens. Er ist absolut lieb und sicher, im Umgang wie auch unter dem Sattel.“ Holger schaute Anna nachdenklich an. „Wenn du allerdings lieber nicht …“

„Nein, nein!“, beeilte sich das Mädchen zu sagen. „Ich reite gerne ein paar Meter mit ihm!“ Wann würde Anna je wieder die Gelegenheit haben, auf so einem wundervollen Tier zu sitzen? Außerdem sollte sie ihn ja auch nur im Schritt bewegen, und zwar hier, nicht im freien Gelände.

„Prima!“ Holger nickte wohlwollend. „Wenn du möchtest, kannst du ihn ja ab und an auch mal zu Hause besuchen. Ich habe eine Friesenzucht und die Fohlen werden dir sicherlich gefallen …“

Anna hatte das Gefühl, vor Glück schwindelig zu werden. „Vielen Dank für das Angebot! Ich werde Shadowdancer ganz, ganz sicher besuchen.“ Sie strahlte, doch als Holger ihr seine Hände als Räuberleiter zum Aufsteigen anbot, kicherte sie verhalten.

„Das kriege ich gerade noch alleine hin“, meinte sie und stieg problemlos in Shadowdancers Sattel, während Holger das Tier festhielt.

„Ich denke, dass ich etwa eine halbe Stunde benötige. Ist das okay für dich?“

Anna nickte erfreut. „Na klar! Wenn Shadowdancer wirklich so brav ist, wie Sie sagen, dann brauchen Sie sich keine Gedanken zu machen.“

„Er ist so brav“, bestätigte Holger noch einmal, ehe Anna langsam mit seinem Pferd davonritt. Jetzt konnte er sich wenigstens beruhigt seinem Ritteroutfit widmen, ohne die Sorge zu haben, dass Bernd etwas anstellen würde. Bei diesem Typ wusste man nie, was ihm alles einfallen würde.

Anna konnte es nicht fassen. Fast wie im Traum blickte sie auf die pechschwarze, wallende Mähnenpracht hinunter. Erst jetzt wurde ihr so richtig bewusst, dass sie ohne mit der Wimper zu zucken in den Sattel dieses herrlichen Tieres gestiegen war. Noch vor einer Stunde hatte sie bei ihrem

Galopp mit Imola Blut und Wasser geschwitzt. Und jetzt saß sie sogar auf einem Hengst! Doch auf diesem Pferderücken fühlte sie sich im Augenblick wohler als jemals zuvor.

„Ob das wohl daran liegt, dass ich Friesen so liebe?“, fragte sie sich. Aber vielleicht konnte sie auch nur deshalb angstfrei im Sattel sitzen, weil sie wusste, dass sie das Pferd nur im Schritt reiten sollte.

Jedenfalls ritt sie nun voller Stolz zu Ricky hinüber, die mit Imola an der Hand gespannt dabei zusah, wie sich Günter mit Diabolo befasste. Rickys Augen klebten so gebannt an ihrem Pferd, dass sie das leise Brummeln von Imola erst nicht registrierte, als sich Anna mit dem Hengst näherte.

„Hey, Ricky, guck mal!“, rief das Mädchen aus.

Ricky fuhr herum, und im ersten Augenblick blieb ihr der Mund offen stehen. „Waaa…“ Mehr brachte sie nicht heraus.

„Das ist Shadowdancer“, stellte Anna stolz den Friesen vor.

„Hab ich mir doch fast gedacht.“ Ricky grinste. „Und wie kommt’s, dass du ihn reitest?“

Anna erzählte ihr kurz von Holger und schielte dabei zu Bernd, der in großem Abstand hinter dem Pferd hergelaufen war. „Der Typ ist irgendwie komisch“, meinte sie leise.

„Du hast recht. Der Kerl macht wirklich einen seltsamen Eindruck. Der war gestern schon so grantig, als Marc und ich hier waren. Er hat uns auch bloß reingelassen, weil ein alter Freund ein gutes Wort für uns eingelegt hat“, stimmte Ricky Anna zu.

„Aber dafür ist Shadowdancers Besitzer total nett!“

„Prima! Du, schau mal, Diabolo geht klasse, oder?“

Anna nickte begeistert, obgleich sie Rickys Pferd nur einen kurzen Blick schenkte. „Ich soll den Süßen hier ein wenig bewegen. Ist das okay für dich, wenn ich dir Imola dalasse? Ich meine, schließlich müsste ich ja …“

Ricky winkte ab. „Das ist schon in Ordnung. Geh ruhig!“ Verständnisvoll nickte sie Anna zu. Das Mädchen sollte nur jede Gelegenheit nutzen, sicherer im Umgang mit Pferden zu werden. Wenn dieser fantastische Friesenhengst Anna die Angst vor dem Reiten nehmen würde, dann würde Ricky gerne auch noch viel länger mit Imola hier stehen bleiben.

„Vielen Dank!“ Anna wollte gerade wieder fortreiten, als Ricky sie spontan zurückhielt.

„Warte, ich komme mit!“ Schwungvoll stieg sie auf Imola. „Um Diabolo muss ich mir, glaube ich, keine Sorgen machen. Der geht unter Günter prima! Hooo, Imola! Nun mach mal langsam“, beschwichtigte sie im selben Atemzug die Stute, die mit einem Mal wesentlich aufgeweckter wirkte als sonst.

Als die beiden Reiterinnen an Bernd vorbeikamen, trat der ihnen plötzlich in den Weg.

Mit einem kritischen Blick auf Imola sagte er zu Ricky: „Ich würde an deiner Stelle ein wenig auf Abstand gehen! Sieht so aus, als wenn die Stute vor der Rosse steht.“

„Meinen Sie?“ Ricky wirkte etwas verunsichert und schaute mit einem Seitenblick auf Shadowdancer, bei dem es jedoch keine Anzeichen irgendwelcher Hengstmanieren gab. „Na ja, kann noch nicht so schlimm sein, sonst würde der Schwarze wohl drauf reagieren, oder?“

Bernd zuckte mit den Schultern. „Ich wollte das bloß mal gesagt haben. Also beklage dich hinterher nicht, falls irgendetwas passieren sollte!“ Mit diesen Worten wandte er sich ab und ging ein paar Schritte zur Seite, von wo aus er die beiden Mädchen weiter beobachtete.

„Bange machen gilt nicht“, gab Ricky grinsend zurück.

Doch sie musste sich eingestehen, dass es ihr jetzt, nach Bernds Äußerung, nicht mehr so wohl war.

Imola drängte immer mehr Richtung Shadowdancer und Ricky hatte ihre liebe Not damit, den Sicherheitsabstand zu dem Friesen beizubehalten.

„Vielleicht ist es doch besser, wenn ich wieder zurückreite“, meinte sie schließlich. „Nicht dass der Hengst womöglich doch noch ausflippt.“

„Aber Shadowdancer doch nicht!“, verteidigte Anna ihr Traumpferd, doch Ricky blieb fest.

„Wir werden kein Risiko eingehen! Die Gräfin würde einen Anfall bekommen, wenn Imola etwas passieren würde. Wahrscheinlich ist sie sowieso schon sauer, weil wir ohne Gwen losgezogen sind, wo du ohne sie doch gar nicht ins Gelände reiten dürftest. Davon abgesehen ist die halbe Stunde ja eh schon bald vorbei. Dieser Holger kreuzt also sicherlich schon bald wieder hier auf.“

„Na gut. Dann reite ich eben zum Transporter zurück. Und was machst du? Gehst du wieder zur Bahn, um Diabolo zuzuschauen?“

Ricky nickte. „Ja. Günter wird noch eine ganze Weile lang mit Diabolo trainieren. Ich warte dann dort auf dich!“

„Okay! Sobald ich Shadowdancer wieder an Holger übergeben habe, komme ich nach.“ Anna nickte Ricky zu, dann ritten beide Mädchen in entgegengesetzte Richtungen davon.

Anna fühlte sich auf dem Rückweg noch immer wie im siebten Himmel. Ein paar Minuten später ließ sie Shadowdancer in der Nähe seines Transporters auf und ab gehen, während sie nach Holger Ausschau hielt. Doch von dem war weit und breit noch nichts zu sehen.

Langsam ließ sie sich aus dem Sattel gleiten und stellte sich an Shadowdancers Seite.

„Du bist so ein herrliches Pferd!“, murmelte sie ihm liebevoll zu und streichelte über seine Stirnlocke. „Ein absolutes Traumpferd!“

Shadowdancer streifte sie mit einem kurzen Blick, dann schaute er gelangweilt an ihr vorbei.

„He, du! Ich rede mit dir!“, sagte Anna, doch das Pferd schien kein Interesse an ihr zu haben. Sie zupfte am Zügel, um Shadowdancers Aufmerksamkeit zu erhaschen, doch er wandte sich erneut demonstrativ zur Seite.

„Was hast du denn? Magst du mich nicht?“, fragte Anna ein wenig enttäuscht. Augenblicklich musste sie an Sammy denken, dem sie jedes Mal ansah, wie sehr er sich freute, wenn sie den Stall betrat. Wie unterschiedlich die beiden Tiere doch waren. Und mit einem Mal erkannte sie, dass ein Pferd der Lieblingsrasse eines Reiters noch lange nicht sein Traumpferd sein musste. So schön sie Shadowdancer auch fand … er würde ihr niemals die gleiche Sympathie entgegenbringen wie zum Beispiel Sammy.

Während sie noch ihren Gedanken nachhing, stand plötzlich Karin vor ihr – die junge Frau, die sie zuvor bei Günter gesehen hatte.

„Ich soll Shadowdancer nach Hause fahren“, sagte die und nickte Anna freundlich zu, dann griff sie dem Pferd in die Zügel.

„Aber …“ Irritiert ließ Anna die Zügel los.

„Das geht schon in Ordnung! Holger hat anscheinend einen Decktermin vergessen. Vielen Dank fürs Aufpassen“, sagte Karin und lief mit Shadowdancer einfach davon, ohne weiter auf das Mädchen zu achten.

Ein wenig perplex schaute Anna ihr hinterher. Alles ging viel zu schnell, als dass sie irgendetwas hätte infrage stellen können. So warf sie einen letzten Blick auf den Friesen und zuckte mit den Schultern. Mit einem Anflug von Bedauern stellte sie fest, dass sie keine Zeit mehr gehabt hatte, sich richtig von dem Pferd zu verabschieden. Aber sie hatte ja von Holger die Erlaubnis bekommen, den Hengst jederzeit zu besuchen. Na ja, auch wenn heute der Funke zwischen ihr und Shadowdancer nicht übergesprungen war, nahm sie sich vor, trotzdem einmal auf das Friesengestüt zu fahren. Vielleicht würde Shadowdancer sie beim zweiten Treffen ja etwas mehr mögen. Dann fiel ihr ein, dass sie gar nicht wusste, wo das Friesengestüt überhaupt lag. Doch sie würde Gwen danach fragen. Sicherlich wusste die Enkelin der Gräfin den Weg.

Gedankenverloren blickte Anna auf die Uhr. Sie hatte noch ein paar Minuten Zeit, ehe sie sich mit Ricky treffen würde, und so schlenderte sie noch ein wenig über das Gelände der Zeltstadt.

Was es hier alles zu sehen gab: Marktzelte der einzelnen Handwerke wie Schuhmacher oder Bäcker und das Zelt des Waffenschmieds, der sich einen Vorplatz einrichtete, um dort auch bei Bedarf die Pferde der erhabenen Ritter beschlagen zu können. Aber viel mehr noch war Anna von den bunten Zelten der Ritter fasziniert, die in mannigfaltigen Ausführungen zu bewundern waren.

Vier- oder achteckige Grundrisse waren am häufigsten zu finden. Meist hatten die Zelte ein spitz zulaufendes Dach und ein Vordach, an dem kleine Fähnchenreihen, die wie Zinnen einer Burg anmuteten, angebracht waren. Die Farben der Zelte passten zur Rittergewandung und symbolisierten die jeweilige Familienzugehörigkeit. Besonders hübsch fand Anna ein rot-weißes Zelt, unter dessen Vordach das ebenfalls rot-weiße Schild des „Ritters von Fahrenstein" an einen Pfosten gelehnt stand. Ein riesiger silberner Drache glänzte von der ansonsten matten Oberfläche des Schutzschildes und funkelte Anna mit feurigen Augen an.

„Boah, ist das schön“, murmelte das Mädchen verzückt vor sich hin, dann schaute es sich rasch um, und da es von keinem Menschen beachtet wurde, trat es näher und ließ seine Finger sanft über das Relief des Drachens gleiten. Was für eine wunderbare Arbeit dieses Kunstwerk doch war.

Plötzlich fuhr Anna erschrocken zusammen, gerade so, als wäre sie bei etwas Unerlaubtem ertappt worden. Im Zeltinnern schienen zwei Menschen mit klirrenden Gläsern auf irgendetwas anzustoßen. Gedämpftes Lachen war zu hören.

Schon trat Anna zurück und wollte schnell das Vorzelt verlassen, als sie leise Stimmen vernahm.

„Hast du schon gehört? Es geht das Gerücht um, dass der Schwarze Ritter in diesem Jahr wohl nicht am Ritterturnier teilnehmen wird.“

„Was? Holger macht nicht mit? Warum das denn?“

Jetzt spitzte das Mädchen doch neugierig die Ohren.

„Ja, keine Ahnung! Ich habe nur am Rand etwas mitbekommen.“

„Da hast du sicherlich etwas falsch verstanden.“

„Hmm. Wahrscheinlich. Aber eigentlich ist das ja auch nicht unser Problem.“ Die beiden Männer lachten. „Lass uns lieber Sansibar und King Arthur satteln und noch mal das Trick-Reiten üben! Sansibar macht mir zurzeit zu viele Zicken.“

„Okay, let’s go!“

Anna sprang unter dem Vorzelt hervor und lief rasch weiter. Während sie zurück zum Treffpunkt schlenderte, dachte sie über das nach, was sie gerade gehört hatte. Doch als sie bei Ricky angelangt war und Imola wieder übernahm, wurde der Schwarze Ritter erst einmal nebensächlich. Ihre Freundin berichtete stolz von den Leistungen ihres Ritterpferdes und lobte Diabolo in den höchsten Tönen.

„Jetzt aber schnell nach Hause!“, forderte Ricky Anna dann auf. „Gwen wird schon auf uns warten.“

Gwen hatte die Reitstunden auf dem Platz beendet und saß nun wie auf Kohlen neben Marc, der mit Sharazan schon lange wieder auf das Gestüt zurückgekehrt war.

„Himmeldonnerwetter, wo bleiben die beiden nur? Ich dachte, Ricky wollte nur kurz mit diesem Günter reden? Die zwei müssten schon lange wieder hier sein!“

„Dann hat sie sich wohl doch dazu entschlossen, Diabolo für das Wochenende trainieren zu lassen“, meinte Marc.

„Na klasse! Oh Mann, ich hätte Anna nicht mitreiten lassen sollen! Kann bloß hoffen, dass Omilein nicht gerade am Fenster steht, wenn sie zurückkommen.“ Gwen hatte ein schlechtes Gewissen. Sie hatte ihre Aufsichtspflicht Anna gegenüber vernachlässigt, und sie wusste, dass die Gräfin da absolut keine Gnade kannte.

„Und wenn wir ihnen jetzt entgegenreiten würden, sodass es gar nicht auffällt, dass sie allein unterwegs waren?“, überlegte Marc, doch Gwen schüttelte den Kopf.

„Omi ist ja nicht doof! Sie weiß, dass ich hier Unterricht gegeben habe und nicht mit Ricky und Anna hätte ausreiten können. Außerdem hasse ich es, zu lügen. Nein, nein! Ich habe Mist gebaut und muss dazu stehen.“ Gwen fühlte sich nicht wohl in ihrer Haut, doch sie wollte die Gräfin auf keinen Fall täuschen. Nur … was Eleonore von Hohenhausen nicht wusste, konnte sie auch nicht aufregen …

„Sie sind sicherlich bald hier“, versuchte Marc das Mädchen zu beruhigen.

„Na hoffentlich! Sonst komme ich in Teufels Küche!“

Holger stand vor seinem Pferdehänger und zerrte wild an seiner Rüstung.

„Verdammt noch mal, Thorsten, hilf mir doch aus dieser Blechbüchse raus! Ich werde noch wahnsinnig!“, herrschte er seinen Ritterfreund an.

„Ruhig Blut, Holger! Shadowdancer kann nicht weit sein.“

Holger verdrehte die Augen. „Du hast gut reden. Dein Pferd ist ja nicht verschwunden. Ich könnte mich ohrfeigen! Was habe ich mir bloß dabei gedacht, dieses Mädchen auf meinen Deckhengst aufpassen zu lassen? Wenn ich die erwische! Thorsten, ich sag's dir, wenn Shadowdancer etwas passiert, dann werde ich zum Tier!“

Endlich war Holger seine Rüstung los und knallte die Kettenhaube mit Schwung auf den Boden. „Ich gehe jetzt noch einmal los und werde jedes Zelt einzeln auseinandernehmen.“

„Ich helfe dir suchen! Ein Pferd kann sich ja schließlich nicht einfach in Luft auflösen.“

„Wenn ich wenigstens wüsste, wo dieses Mädchen steckt.“

Thorsten runzelte die Stirn. „Wenn du die Kleine meinst, die mit Ricky hierhergekommen ist …“

„Wer zum Teufel ist Ricky?“

„Die Besitzerin von Diabolo, den Günter am Wochenende in der Show reitet.“

„Ach so … ja … und wo ist die?“

„Sie sind nach Diabolos Training wieder nach Hause geritten, oder vielmehr zurück auf das Gestüt Hohenhausen. Sie machen dort Ferien, soviel ich mitbekommen habe.“

„Na wunderbar. Komm, lass uns gehen! Ich werde wahnsinnig, wenn ich Shadowdancer nicht finde!“

Ricky und Anna befanden sich gut gelaunt auf ihrem Rückweg. Angeregt unterhielten sie sich über Diabolo, der seine

Sache unter Günters Training wirklich gut gemacht hatte, aber auch über Shadowdancer, den Anna zwar wunderschön, aber irgendwie eingebildet fand.

„Versteh mich nicht falsch", sagte das Mädchen gerade. „Ich finde ihn klasse! Aber ich habe irgendwie keinen Draht zu ihm gefunden. Kannst du dir das vorstellen? Da sitze ich auf einem Traum von Pferd und trotzdem würde ich es nicht haben wollen."

Ricky lachte. „So was soll vorkommen!"

Anna seufzte. „Irgendwie ist das schon doof. Aber vielleicht liegt's ja auch daran, dass wir nur so wenig Zeit miteinander hatten. Holger hat mir übrigens angeboten, dass ich sein Pferd jederzeit gerne besuchen darf, wann immer ich möchte. Er hat eine Friesenzucht. Mensch, Ricky ... eine Friesenzucht! Ist das nicht wunderbar?"

Diabolos Besitzerin nickte. „So, wie ich das sehe, würdest du deine Reiterferien lieber dort verbringen als auf dem Hohenhausener Gestüt, oder?"

Anna wurde rot. „Ja. Wenn es möglich wäre, würde ich sofort übersiedeln. Leider stand der Friesenhof damals nicht zur Auswahl. Weißt du, Gwen und die Gräfin ... sie sind alle furchtbar nett, und Garibaldi, Golden Star und Imola sind total klasse Pferde, aber Friesenpferde ... sind für mich wirklich das Nonplusultra!"

„Vielleicht kannst du jetzt ja immer mit mir zur Ruine reiten", überlegte Ricky. „Dann könntest du Shadowdancer jeden Tag sehen."

Anna nickte abwägend. „Ja, mal sehen. Vielleicht sollte ich die Gräfin deswegen fragen. Aber wenn das nicht geht, dann leihe ich mir einfach ein Fahrrad aus ... Hey, Ricky, das könnte ich doch sowieso machen! Ich könnte doch jeden Tag auf den Friesenhof radeln!"

„Dann bleibt dir allerdings nicht mehr allzu viel Zeit zum

Reiten“, gab Diabolos Besitzerin zu bedenken. „Und dafür bist du doch schließlich hergekommen, oder?“

Anna zuckte mit den Schultern. „Ach weißt du, bei mir ist das Reiten nicht das Wichtigste. Ich bin einfach nur gerne mit Pferden zusammen, und wenn ich mich ein wenig mit Shadowdancer oder den anderen Friesen beschäftigen kann, dann ist das für mich okay.“

Ricky warf ihr einen prüfenden Blick zu. „Also schon beschlossene Sache, oder wie?“

Anna biss sich auf die Lippen. „Ich würde es gerne so machen, aber ich weiß nicht, wie ich das der Gräfin beibringen kann, ohne dass sie vielleicht einschnappt.“

Ricky grinste. „Omilein wird niemanden zum Reiten auf ihren Pferden zwingen, wenn er nicht will“, ahmte sie Gwens Tonfall nach, sodass Anna lachen musste.

„Hey, jetzt schau dir mal diesen Irren an!“, rief das Mädchen gleich darauf erschrocken aus, als ein giftgrüner Kombi in rasanter Geschwindigkeit auf der nahen Straße vorüberbretterte. „Kann der nicht langsamer fahren, wenn er sieht, dass Reiter unterwegs sind?“ Doch Anna beruhigte sich schnell wieder, nachdem Imola völlig gleichmütig im Schritt weiterlief, ohne sich beeindrucken zu lassen.

„Komm, lass uns auf diesen Waldweg hier abbiegen! Es dauert dann zwar fünf Minuten länger, bis wir wieder zu Hause sind, aber dafür sind wir weg von der Straße“, schlug Ricky Imolas ängstlicher Reiterin vor. „Wir sind eh schon spät dran, also kommt's auf diesen kleinen Umweg nun auch nicht mehr an.“ Sie ließ Anna den Vortritt.

„Sieht fast so aus, als wenn dieser grantige Typ vorhin recht hatte“, bemerkte sie dann.

„Was meinst du?“

„Allem Anschein nach wird Imola wohl wirklich rossig. Sie stellt den Schweif ohne Ende!“

„Na, dann bin ich ganz froh, dass wir jetzt doch nicht mehr in Shadowdancers Nähe sind“, gab Anna zurück, und Ricky konnte ihr da nur zustimmen.

„Das darf doch wohl nicht wahr sein, oder?“, hallte die erzürnte Stimme der Gräfin durch das Haus. „Gwen! Gwendolyn! Wo steckst du? Gwen!“ Eleonore, die ansonsten die Ruhe in Person war und sich nicht so schnell nervös machen ließ, stürmte wütend in Richtung Stall, wo sie ihre Enkelin vermutete.

Marius und Kuno, die ihre Chefin herannahen sahen, wechselten nur einen kurzen Blick und zogen dann die Köpfe ein.

„Sturmtief im Anmarsch“, raunte Marius. „Alle Mann in Deckung!“

„Das sieht irgendwie nach Ärger aus“, gab Kuno zurück.

Eleonore von Hohenhausen stapfte heran. „Wo ist Gwendolyn?“

„Ich habe sie nicht gesehen“, behauptete Marius.

„Ich auch nicht.“ Kuno schüttelte bedauernd seinen Kopf, obgleich er ganz genau wusste, dass sich das Mädchen bei Florence auf der Fohlenweide aufhielt. Doch er wollte Gwen das Donnerwetter, das sich unweigerlich über ihr ergießen würde, gern ersparen.

„Dann sucht sie gefälligst! Ich will sie in den nächsten fünf Minuten in meinem Büro sehen!“ Eleonore machte kehrt, und gleich darauf knallte die Haustür krachend ins Schloss.

„O-ohh“, machte Marius. „Keine Ahnung, was die Kleine ausgefressen hat, aber wenn ‚Euer Durchlaucht‘ so geladen ist, dann muss schon etwas ganz Besonderes passiert sein.“

„Kann’s mir schon denken“, murmelte Kuno und machte sich auf, Gwen vorzuwarnen und ins Büro ihrer Großmutter zu schicken. Er war froh, nicht in der Haut des Mädchens zu stecken.

„Oje“, stöhnte Gwen auf, nachdem Kuno sie von der Fohlenweide zu sich hergewunken hatte. „Sie hat wohl doch bemerkt, dass Anna mit Imola verschollen ist.“

Kuno zuckte mit den Schultern. „Da bin ich mir nicht so sicher. Woran hätte sie das merken sollen? Sie war doch die ganze Zeit über im Büro.“

Gwen verzog ihren Mund. „Na gut, hilft nichts. Was auch immer ihr über die Leber gelaufen ist … Wenn sie wirklich so mies drauf ist, wie du sagst, dann kannst du nachher meine Überreste zusammenkehren.“ Gwen grinste schief und machte sich auf, zur Höhle der Löwin Eleonore von Hohenhausen.

Kapitel 7

„Sag mal, bist du eigentlich noch ganz bei Trost, Anna alleine losreiten zu lassen?“, tobte die Gräfin und ließ Gwen kaum die Möglichkeit eines Einwands.

„Sie ist ja nicht allein! Ricky ist …“

„Was interessiert mich Ricky?! Wir sind hier auf diesem Gestüt für das Wohl der Reiter und das unserer Pferde verantwortlich und nicht Ricky oder sonst irgendjemand!“

„Anna kommt mit Imola gut zurecht! Außerdem wollten die beiden nur im Schritt zur Ruine rei…“, begann Gwen erneut, doch die Gräfin schnitt ihr mit einer schroffen Handbewegung den Satz ab.

„Die Ruine! Jetzt sind wir genau am springenden Punkt, Gwendolyn!“ Die schwarzen Augen der Gräfin funkelten wütend. Es kam selten vor, dass Gwen ihre Großmutter derartig zornig sah. Sie zog den Kopf ein.

„Wie kannst du erstens zulassen, dass Anna ohne Gestütsbegleitung ausreitet? Zweitens, warum lässt du sie auf einer rossigen Stute losziehen? Du weißt, dass Stuten in der Rosse oft schwer zu handhaben sind. Drittens, wie kannst du zulassen, dass eine noch dazu unsichere Reiterin auf einer rossigen Stute zur Ruine reitet, wo auch ein Hengst für die Show trainiert wird? Und viertens … hab ich dir schon gesagt, dass Imola womöglich gedeckt wurde?“

Gwens Augen wurden bei den Fragen ihrer Großmutter immer größer. „Imola ist gedeckt worden? Von wem?"

„Anscheinend war es der Friesenhengst von diesem Holger Amstetter!", platzte Eleonore von Hohenhausen heraus, während sie mit der flachen Hand auf die Schreibtischplatte schlug. „Donner und Doria, Gwendolyn, es geht nicht an, dass irgendein x-beliebiger Friesenhengst meine Stuten deckt! Das ist doch wohl nicht zu fassen! Und alles nur, weil du dich nicht an das gehalten hast, was ich dir immer und immer wieder eingebläut habe: keine eigenständigen Ausritte für Feriengäste! Ich hatte gehofft, dass du es mittlerweile verstanden hättest."

Gwen war die Farbe aus dem Gesicht gewichen. Kraftlos ließ sie sich in den Besuchersessel vor dem Schreibtisch ihrer Großmutter fallen und schaute die Gräfin bestürzt an. „Omilein, ich schwöre dir …"

„Und lass dieses ‚Omilein'! Es geht mir im Augenblick furchtbar auf die Nerven!"

Gwen schüttelte ihren Kopf. Das, was hier gerade alles auf sie einstürmte, war zu viel.

Imola gedeckt von einem Friesenhengst? Was für ein Albtraum!

„Bitte, Omi, hör mir zu!", bat Gwen inständig. „Ich habe Mist gebaut, indem ich Anna mit Ricky alleine habe reiten lassen. Okay. Das war unüberlegt und einfach nur blöd. Ich hatte danach auch ein ganz schlechtes Gewissen. Aber ich schwöre dir, dass ich nichts von einem Hengst wusste und dass Imola heute morgen keine Anzeichen einer beginnenden Rosse hatte! Ich hätte Anna sonst ganz bestimmt ein anderes Pferd zum Reiten zugeteilt!" Sie machte eine kleine Pause, um Luft zu holen, ehe sie weitersprach. „Wie kommst du überhaupt drauf, dass Imola gedeckt wurde? Sind Ricky und Anna schon zurück und haben dir das erzählt? Ich habe nicht mitgekriegt, dass sie gekommen sind."

„Sie sind noch nicht da! Aber ich habe einen Anruf von einem Herrn Gassert bekommen, der mir von der Tragödie berichtet hat. Er hat es zufällig mit angesehen und hat gehört, wie Holger Amstetter die ganze Sache heruntergespielt hat."

„Ich kenne keinen Herrn Gassert."

„Ich kannte ihn bislang auch nicht, aber ich bin ihm sehr dankbar dafür, dass er mich über die Geschehnisse aufgeklärt hat. Allem Anschein nach wollte dieser Amstetter mich wohl noch nicht einmal über diesen Zwischenfall informieren. Hat wohl darauf gehofft, dass er auf diese Weise ungeschoren davonkommt. Aber nicht mit mir!"

Gwen schüttelte ihren Kopf. „Ich glaube es nicht", sagte sie leise. „Ich glaube einfach nicht, dass das passiert ist. Könnte es nicht sein, dass sich dieser Gassert getäuscht hat? Ich meine, wie sollte das denn möglich gewesen sein? Demnach wären Ricky, Anna und der Amstetter ja einfach danebengestanden, ohne einzugreifen. Das kann ich mir einfach nicht vorstellen!"

Die Gräfin ließ sich in ihren Bürosessel fallen, wobei sie hörbar die Luft durch die Nase einsog. „Es gibt Dinge, die unvorstellbar sind und dennoch passieren", sagte sie. „Mein Gott, Kind, warum konntest du dich nicht einfach an meine Anweisungen halten?"

Gwen senkte ihren Blick.

So mies wie im Augenblick hatte sie sich schon lange nicht mehr gefühlt.

„Sollten wir nicht erst einmal abwarten, was Ricky und Anna dazu sagen?", fragte sie stockend. „Ich meine, vielleicht ist das ja alles gar nicht passiert und dieser Gassert macht nur aus irgendeinem Grund die Pferde scheu."

Gräfin Eleonore schaute ihre Enkelin durchdringend an. „Selbstverständlich werde ich Ricky und Anna befragen, wenn sie wieder auf dem Hof sind! Und mit diesem Amstetter werde ich ebenfalls sprechen, sobald ich ihn telefonisch erreiche. Und dann gnade ihm Gott!“

Gwen fühlte, dass es keinen Sinn machte, weiter zu versuchen, sich ihrer Großmutter gegenüber zu verteidigen. Sie wusste, dass sie einen riesengroßen Fehler gemacht hatte, dessen Folgen noch nicht abzusehen waren. Sie hoffte nur, dass Anna bei dieser ganzen Geschichte nichts passiert war. Völlig fertig mit den Nerven stand Gwen langsam auf.

„Darf ich gehen?“, fragte sie leise, und die Gräfin entließ sie mit einer Handbewegung.

„Ich wünsche, dass du Ricky und Anna sofort zu mir bringst, sobald sie zurück sind! Klar?“

Gwen nickte. Sie war unfähig, ihrer Großmutter zu antworten. Ihre Stimme gehorchte ihr einfach nicht mehr. Sie war den Tränen nahe, als sie nach draußen auf den Hof lief.

„Hey, was ist los? Hast du Zwiebeln geschnitten?“, fragte Marc, der träge in der Sonne saß und Gwen gut gelaunt zublinzelte. Doch schon im selben Moment wurde ihm klar, dass Gwen absolut nicht zu Scherzen aufgelegt war.

„Das gibt’s doch wohl nicht wirklich, oder?“, sagte er heiser, nachdem sie ihm die ganze Geschichte erzählt hatte. „Und alles bloß, weil Ricky unbedingt noch einmal zur Ruine wollte, damit sie auf Diabolo stolz sein kann! Ich hatte gleich ein schlechtes Gefühl bei diesem Rittermist!“

„Ach komm, Marc! Das ist jetzt ein Riesenquatsch, den du hier von dir gibst! Wenn ich mich nicht hätte breitschlagen lassen, dass Anna mitreiten darf, dann wäre nichts passiert. So sieht’s aus! Das ist alles meine Schuld, und Ricky kann überhaupt nichts dafür! Ich hoffe bloß, dass die zwei bald hier eintreffen. Diese Ungewissheit in Bezug auf Imola macht mich total fertig! Omi ist stinksauer, und das zu Recht! Ich könnte mich für meine Blödheit ohrfeigen, aber damit würde sich ja auch nichts ändern! Mensch, Marc …"

„Ich glaube wirklich, ich bin im falschen Film!" Holger Amstetter lehnte sich erschöpft und fassungslos an seinen Pferdehänger. „Jetzt haben wir das Gelände zigmal abgesucht, aber von Shadowdancer gibt's nicht die leiseste Spur. Ich werde wahnsinnig! Wo steckt der Algenrieder? Wozu ist er Kommissar? Er muss das Pferd finden!"

„Der Hans kommt heute erst gegen Abend", wusste Günter. „Er ist auf einer Geburtstagsfeier."

„Wie kann der Party machen, wenn er hier gebraucht wird?", explodierte Holger. Dann stieß er sich schwungvoll vom Hänger ab, setzte sich in seinen Wagen und knallte die Tür zu. „Ich fahre jetzt auf das Gestüt. Ich muss mit dem Mädchen reden, dem ich mein Pferd zu treuen Händen übergeben habe!" Wütend schnaubte er durch die Nase. Dann startete er den Motor und fuhr los.

Günter und Thorsten schauten ihm ratlos hinterher.

„Eine schlimme Situation. Ich beneide Holger im Augenblick wirklich nicht", sagte Günter nachdenklich. „Aber Rickys Freundin auch nicht."

„Mensch, bin ich froh, dass ihr endlich hier seid!" Gwen, die nervös vor der Stallung auf und ab gelaufen war und nach Ricky und Anna Ausschau gehalten hatte, stürzte herbei, als die beiden auf den Hof geritten kamen.

„Hast du uns vermisst?" Ricky grinste. „Wir sind einen kleinen Umweg geritten. Ich hoffe, dass …"

„Omi schiebt die Krise! Was ist bei der Ruine passiert? Ist Imola okay? Und was war da mit dem Hengst?" Gwen stellte tausend Fragen auf einmal.

„Wie passiert? Was für ein Hengst? Bei uns ist alles klar!“ Ricky wechselte mit Anna einen verständnislosen Blick. Sie konnte sich nicht erklären, warum Gwen so aufgelöst war. „Aber bei euch scheint irgendetwas nicht zu stimmen, oder?“

Gwen lief nervös um Imola herum und beäugte sie von allen Seiten. Auf einmal stutzte sie.

„Imola rosst!“, platzte sie heraus.

„Ja, haben wir auch schon gemerkt.“

„Hast du sie an der Ruine irgendwo angebunden und eine Zeitlang allein stehen lassen?“, bohrte Gwen nach.

„Wir würden doch niemals unsere Pferde allein lassen, Gwen! Was soll diese Frage?“, begehrte Ricky auf. „Kannst du uns jetzt vielleicht mal sagen, was los ist?“

„Ich war mal für eine Dreiviertelstunde weg, aber in dieser Zeit hat Ricky auf Imola aufgepasst“, erklärte Anna, die sich auf einmal in ihrer Haut gar nicht mehr wohl fühlte.

„Besteht die Möglichkeit, dass Imola von einem Friesenhengst gedeckt wurde?“, fragte Gwen weiter.

„Das hätte ich wohl mitgebekommen!“, antwortete Ricky in einem etwas ironischen Ton, während sie Diabolos Sattelgurt löste. „Woher weißt du überhaupt, dass ein Hengst in der Nähe war?“

Gwen winkte ab, dann erzählte sie den beiden Mädchen in Kurzform, was dieser ominöse Herr Gassert ihrer Großmutter erzählt hatte.

„Er lügt!“ Ricky atmete erleichtert auf. „Keine Ahnung, warum, aber er hat nur Mist erzählt!“

„Das werdet ihr meiner Großmutter erklären müssen. Bitte beeilt euch mit dem Absatteln und kommt dann mit! Sie möchte euch unbedingt sprechen.“ Gwen trat von einem Bein auf das andere und starrte auf Imolas Leib. „Bitte macht fix! Omi ist so was von geladen!“

„Das kannst du laut sagen!“ Gräfin Eleonore von Hohenhausen hatte die Rückkehr der beiden Mädchen vom Fenster aus beobachtet und war sofort in den Hof geeilt. Unnachgiebig fixierte sie erst die Stute, dann die Mädchen.

„Es ist nichts passiert, Frau Gräfin!“, sagte Anna mit bebender Stimme und wusste selbst nicht, warum sie immer noch nervöser wurde.

„Wir haben abwechselnd auf Imola aufgepasst. Es war wirklich nichts!“, bestätigte nun auch Ricky.

„Und was ist mit dem Hengst?“

„Ich durfte ihn eine halbe Stunde reiten!“, gab Anna zu.

„So, so … du durftest ihn reiten. Wie schön für dich! Du gehst mit Imola mehr oder weniger alleine ins Gelände, dann lässt du sie irgendwo stehen und setzt dich auf ein anderes Pferd? Ich bin begeistert! Du hast noch nicht einmal so viel Verantwortungsgefühl, dass du selbst auf das dir anvertraute Pferd aufpasst, sondern reitest dafür fröhlich ein wildfremdes Pferd!“

„Imola wurde ganz sicher nicht gedeckt! Ich habe sie ja während der Zeit gehalten, als Anna den Hengst geritten hat.“ Ricky schaute der Gräfin ernst in die Augen.

„Sie wurde also nicht gedeckt, sagt ihr. Und du hast sie gehalten und sie wirklich keinen einzigen Moment aus den Augen gelassen?“, hakte Gwens Großmutter noch einmal nach.

„Nicht mal für eine einzige Sekunde!“

Die Gräfin verdrehte ihre Augen und schnaubte durch die Nase. „Himmel noch mal, dann möchte ich wirklich wissen, was der Anruf von diesem Gassert sollte!“

Anna hatte ihren Blick gesenkt. Sie schämte sich furchtbar vor der Gräfin und war das schlechte Gewissen in Person. Sicherlich hatte Eleonore von Hohenhausen recht, dass es nicht in Ordnung gewesen war, den Hengst zu reiten, anstatt sich auf Imola zu konzentrieren, aber deswegen war Anna doch nicht verantwortungslos. Nein, das war sie ganz bestimmt nicht!

Mit einer Mischung aus Traurigkeit und Unverständnis schlurfte Anna ins Haus und in ihr Zimmer.

„Vielleicht wäre es das Beste, einfach wieder nach Hause zu fahren," dachte sie und warf sich aufs Bett.

Holger war bei sich zu Hause vorbeigefahren, hatte den Pferdeanhänger abgestellt und seiner Frau im Schnellverfahren erzählt, was passiert war.

Monika Amstetter war zu perplex, um sofort darauf reagieren zu können, und als sie endlich in der Lage war, ein Wort herauszubringen, saß ihr Mann schon wieder im Auto und fuhr mit quietschenden Reifen davon.

Holger war kaum einen Kilometer von seinem Friesenhof entfernt, als Andreas Grillmeier ihm entgegenkam und ihn mittels Lichthupe dazu brachte, anzuhalten.

„Bist du immer so forsch unterwegs?" Andreas lachte seinem Freund aus dem Fenster zu, doch Holger blieb ernst.

„Was immer du vorhast, stell dein Auto erst mal hier ab und steig bei mir ein!", sagte er nur.

„Ich wollte von deinem Urlaubsangebot Gebrauch machen. Die Familie ist zu Hause geblieben, aber so wie es den Anschein hat, bin ich augenblicklich wohl nicht so recht erwünscht. Was ist denn …?"

„Frag nicht, steig ein! Ich erzähle es dir gleich!"

Die Gräfin stand noch immer mit den Jugendlichen draußen, als Holger Amstetter mit einem Affenzahn auf den Hof fuhr.

Wütend stieg er aus und steuerte auf die Gräfin zu. Sein Freund folgte ihm etwas langsamer.

„Wo ist sie?“, rief er aus. In seinem Zorn versäumte er sogar, die Gräfin zu begrüßen.

„Wo ist wer?“, fragte Eleonore zurück.

„Dieses Mädchen! Ihr Feriengast!“

„Ich freue mich auch, Sie zu sehen, Herr Amstetter!“, erwiderte Eleonore von Hohenhausen mit hochgezogenen Augenbrauen. „Hätten Sie die Güte, mir zu erklären, wer erstens Herr Gassert ist und zweitens, warum er mir am Telefon weismachen wollte, dass Ihr Hengst meine Stute besprungen hat?“

Holger fuhr herum. „Wie bitte? Machen Sie sich nicht lächerlich! Ich habe im Augenblick nicht den Nerv für Witze!“

„Mir ist ebenfalls nicht nach Scherzen zumute!“

Die beiden Pferdezüchter standen sich mit ernsten Mienen gegenüber.

„Na gut, Frau Gräfin. Was Ihre Stute betrifft, habe ich keine Ahnung, wovon Sie sprechen, tut mir leid … Ich bin auf der Suche nach meinem Hengst! Er ist vom Ruinengelände verschwunden, und ich bin mir ziemlich sicher, dass er sich nicht alleine davongemacht hat! Ihr Feriengast könnte unter Umständen wesentlich dazu beitragen, damit ich das Pferd wieder zurückbekomme.“

„Anna? Wieso das denn?“, fragte Ricky überrascht dazwischen. „Shadowdancer ist verschwunden? Gibt’s ja nicht!“

„Die Story wird immer interessanter.“ Eleonore von Hohenhausen schüttelte den Kopf. Amstetters Aussage hatte auch sie verwirrt. „Gwendolyn, hol Anna! Sofort!“

Das Mädchen stürmte davon.

Gleich darauf kam es mit der verzagt dreinblickenden Anna zurück.

Andreas Grillmeier stöhnte auf; hatte er doch insgeheim

gehofft, dass es sich um jemand anderen als seine Tochter handeln würde.

„Oh Papa, bin ich froh, dass du da bist! Was tust du hier? Ich … Ich habe nichts gemacht!“ Anna fiel ihrem Vater um den Hals.

„Deine Tochter?“, fragte Holger und zerzauste sich die Haare. „Auch das noch!“ Dann jedoch bombardierte er das Mädchen mit tausend Fragen, und Anna stand Holger Rede und Antwort. Sie erzählte, dass Karin Shadowdancer übernommen hatte, um ihn zu seinem Besitzer zu bringen.

„Karin? Wieso Karin?“ Holger machte ein verblüfftes Gesicht. „Ich habe sie schon seit Tagen nicht mehr gesehen.“

„Das hört sich alles ziemlich faul an“, meinte Andreas Grillmeier.

„Darauf kannst du dein Auto verwetten!“

Mit einem Mal erinnerte sich Anna an das Gespräch, das sie unabsichtlich belauscht hatte, und sie berichtete den anderen davon.

„Da will dir wohl einer gezielt an den Karren fahren!“ Andreas schaute seinen Freund ernst an. „Wer könnte das sein?“

Holger überlegte kurz. „Da fällt mir spontan nur ein einziger Mensch ein … Bernd!“

Die Gräfin hatte schweigend zugehört. „Heißt dieser Bernd zufällig Gassert mit Nachnamen?“, fragte sie dann.

Holger schüttelte den Kopf. „Nein, nicht dass ich wüsste. Aber ich traue ihm durchaus zu, dass er unter falschem Namen angerufen hat und diese Geschichte zum Besten gegeben hat. Einfach nur, um mir zu schaden. Seit ich den Friesenhengst gekauft habe, versucht er immer wieder, mir Ärger zu machen, und denkt sich das hirnverbrannteste Zeug aus! Als ob ich wirklich so dämlich wäre, Shadowdancer Ihre Stute decken zu lassen, und noch dazu auf dem Ruinen-Gelände … Also nein! Wie dumm ist der Kerl eigentlich?!"

Die Gräfin nickte. „Immerhin hat er es geschafft, mich ganz schön auf die Palme zu bringen", meinte sie und warf einen entschuldigenden Blick auf die Mädchen. „Tut mir leid, wenn ich vorhin überreagiert habe!"

Ricky und Anna schauten sich an.

„Wir hätten ganz bestimmt niemals gelogen, wenn wirklich etwas passiert wäre", bekräftigte Ricky noch einmal, und die Gräfin nickte.

„Das hätte ich auch nicht von euch erwartet!"

Ricky atmete erleichtert auf und grinste etwas schief, nur Anna war noch immer verzweifelt. Wenn sie Shadowdancer nicht aus der Hand gegeben hätte, dann wäre er jetzt nicht verschwunden.

„Wenn ihm bloß nichts geschieht", dachte sie, während sie versuchte, ihre Tränen zu unterdrücken. Wie durch einen Nebelschleier nahm sie wahr, dass Holger beabsichtigte, die Polizei einzuschalten, aber erst noch mit Karin sprechen wollte.

Rasch verabschiedete er sich von der Gräfin, dann wandte Holger sich an Andreas: „Kommst du mit oder bleibst du hier?"

„Na, du bist gut! Bring mich erst mal zum Auto. Es steht ja wohl außer Frage, dass ich dir bei der Suche nach Shadowdancer behilflich bin!" Er drückte Anna an sich. „Mach dir keine Sorgen, Any, wir werden das Pferd schon wiederfinden!"

Kapitel 8

„Ich muss nachher wieder zur Ruine“, sagte Ricky zwischen zwei Bissen am Mittagstisch, ohne daran zu denken, dass sie Gwendolyn noch gar nichts von ihrer Entscheidung mitgeteilt hatte.

„Aha“, meinte Marc bloß.

„Cool“, sagte Gisi. „Das heißt also, dass Diabolo am Ritterturnier teilnimmt, wenn ich richtig kombiniere, oder?“

Ricky wurde rot. Sie fühlte Gwens Blick auf sich ruhen.

„Du hast demnach keinen Bock auf unsere Ritterspiele?“

Ricky schüttelte langsam ihren Kopf. „Bock schon, aber … Gwen, du solltest sehen, wie Diabolo auf der Bahn abgeht. Ich hätte nie gedacht, dass …“

„Nimmst du uns dann im Team auf?“ Jasmin schaute die Enkelin der Gräfin erwartungsvoll an.

Gwen seufzte. „Meinetwegen“, sagte sie leise und völlig lustlos. Irgendwie hatte sie sich das alles ganz anders vorgestellt.

„Nun sei bitte nicht sauer“, bat Ricky. „Aber das ist eine einmalige Chance, Diabolo als …“

„Schwamm drüber!“, schnitt Gwen ihr das Wort ab. „Du musst selbst wissen, was du willst.“ Dann wandte sie sich Anna zu, die im Laufe der Zeit immer schweigsamer geworden war. „Hast du Lust, heute Abend noch einmal mit auszureiten? Schließlich konntest du heute ja schon ein wenig Geländeerfahrung sammeln, oder?"

Anna schüttelte den Kopf. „Wir waren nur im Schritt unterwegs, und ehrlich gesagt … Ich möchte mir nicht noch einmal den Zorn deiner Großmutter zuziehen. Ich glaube, ich werde hier gar nicht mehr reiten!"

„Was? Spinnst du? Es hat sich doch alles aufgeklärt!"

Anna schüttelte ihren Kopf. „Solange Shadowdancer nicht wieder bei seinem Besitzer ist, ist gar nichts aufgeklärt, und ich werde nicht eher wieder reiten, bis das Pferd zurück ist."

„Darauf kannst du unter Umständen dein ganzes Leben warten", bemerkte Jasmin spöttisch.

Anna zuckte zusammen. So weit hatte sie noch gar nicht gedacht!

„Mein Gott, was passiert denn, wenn der Hengst tatsächlich nicht mehr aufgefunden wird?", fragte sie sich, und mit einem Mal war ihr klar, dass sie unmöglich hier herumsitzen konnte, solange die Suche nach dem Tier auf Hochtouren lief. Immerhin gab sie sich die Schuld an Shadowdancers Verschwinden.

Entschlossen stand sie auf. „Ich bin dann mal weg", informierte sie die anderen. „Wenn ich bis zum Abendessen noch nicht zurück bin, macht euch keine Gedanken. Vielleicht besuche ich meinen Vater auf dem Friesenhof." Danach ging sie nach draußen.

Ricky wechselte einen Blick mit Marc und mit Gwen, erhob sich ebenfalls und lief dem Mädchen hinterher.

„Anna", rief sie ihm nach. „Anna, so warte doch! Wo willst du denn hin?"

Das Mädchen drehte sich um und wartete, bis Ricky es erreicht hatte.

„Ich möchte mir bei Marius ein Fahrrad ausleihen und

noch einmal zur Ruine fahren. Vielleicht finde ich ja etwas heraus, was mit Shadowdancers Verschwinden zu tun hat."

„Also, wenn Holger keinen Erfolg hatte, dann sehe ich auch keine großen Chancen für dich", meinte Ricky langsam. „Schließlich hat er doch schon alle befragt, die sich am Vormittag dort aufgehalten haben."

Anna zuckte die Schultern. „Dann frage ich halt noch einmal. Ricky, was würdest denn du an meiner Stelle tun? Du würdest doch genauso losgehen und schauen, ob du etwas herausfinden könntest, oder? Ich halte es hier nicht mehr aus! Dieses wunderbare Pferd ist durch mein Verschulden verschwunden. Weißt du, was das bedeutet? Noch dazu ist Holger ein guter Freund meines Vaters. Oh Mann, wie ich mich schäme! Ricky, ich muss einfach etwas tun, ganz gleich, ob ich Erfolg habe oder nicht! Nur Däumchen drehen und auf ein Wunder hoffen … nee, du, da werde ich irre."

Ricky nickte. „Kann dich schon verstehen … Hey, du leihst dir das Rad aus und ich sattle Diabolo. Dann können wir zusammen zur Ruine tigern, okay?"

Anna nickte. Sie war ganz froh, mit ihren sorgenvollen Gedanken nicht allein unterwegs zu sein.

„Du glaubst doch nicht, dass diese ganze Geschichte nicht rauskommt, oder? Ich meine, völlig verblödet ist Holger ja schließlich auch nicht!" Karin schaute Bernd an, während ihre Finger nervös ein paar spärliche Grashalme ausrissen, die neben dem Steinbrocken lagen, auf dem sie saßen. Shadowdancer stand dösend neben ihnen, im Schatten eines breiten Felsvorsprungs an einen Baum gebunden.

„Wenn du deine Klappe hältst, kommt gar nichts raus!"

„Was meinst du, was los ist, wenn ich wieder an der Ruine erscheine."

„Du hast doch gesagt, keiner hätte dich gesehen, oder?" Bernd warf einen lauernden Blick auf die junge Frau.

„Ich habe Shadowdancer von diesem Mädchen übernommen und nur um zwei Pferdehänger herumgeführt, ehe ich ihn verladen habe. Es war keiner auf dem Parkplatz. Alle waren mit sich selbst, mit dem Training und vor allem auch mit dem Aufbau der Zeltstadt beschäftigt."

„Na also! Und diese kleine Tussi hat dich beim Verladen auch nicht beobachtet, oder?"

„Ich glaube nicht."

Bernd atmete erleichtert auf. „Dann ist doch alles in Butter! Du kannst immer noch behaupten, dass die Kleine lügt, falls sie aussagt, dass du den Hengst übernommen hast."

„Toll!" Karin verzog ihr Gesicht und warf Bernd einen langen Blick zu. „Aber ich weiß noch immer nicht, was das Ganze soll. Stell dir doch bloß mal vor, du selbst wärst an Holgers Stelle und dein Pferd wäre von jetzt auf gleich futsch! Wie würdest du dich da fühlen?"

„Paah!" Bernds Augen blitzten auf. „Das geschieht dem recht! Und außerdem passiert Shadowdancer doch nichts. Dafür liebe ich ihn viel zu sehr. Ich werde auf ihn aufpassen wie auf meinen Augapfel, das schwöre ich dir! Holger kriegt ihn bald wieder zurück ... nach dem Turnier!"

„Und wie lange willst du ihn hier in diesem Felsversteck lassen?", wollte Karin nun wissen.

Bernd zuckte mit den Schultern. „Nicht lange. Ich werde ihn später wegbringen. Dann darf er erst noch ein paar Stuten decken." Schadenfroh grinsend rieb er sich die Hände. „Wenn ich Shadowdancer schon nicht selbst haben kann, dann möchte ich wenigstens ein Fohlen von ihm! Ein Fohlen, das noch schöner und noch prachtvoller wird als sein Vater!" Bernd wurde schlagartig ernst und seine Augen nahmen einen gemeinen Ausdruck an. „Holger kann seinen

Liebling wiederhaben, wenn die Stuten gedeckt sind! Solange wird der gute Shadowdancer bei mir bleiben, was unter anderem den schönen Nebeneffekt hat, dass Holger nicht am Turnier teilnehmen kann."

Karin schüttelte den Kopf. „Du bist verrückt! Wenn Holger erfährt, dass du hinter dieser ganzen Sache steckst, dann bist du fällig! Mann, du bist ja wirklich total bescheuert! Er wird dir die Polizei auf den Hals hetzen!"

„Wird er nicht!", sagte Bernd aus vollster Überzeugung, dann grinste er böse. „Er wird jetzt erst einmal damit beschäftigt sein, der Gräfin Rede und Antwort zu stehen. Ich bin mir sicher, dass sie ihn so lange mit ihren Fragen und Anschuldigungen aufhält, bis ich mit Shadowdancer über alle Berge bin."

„Was bist du bloß für ein Mensch?!"

Bernds Blick verfinsterte sich. „Eine gute Frage! Was bin ich für ein Mensch? Hmm ... Vielleicht bin ich zu blöde, weil ich nur Fohlen von Shadowdancer möchte ... vielleicht sollte ich den Jungen einfach nehmen und mich mit ihm ins Ausland absetzen!"

Karin wurde blass. „Erst sagst du zu mir, dass Shadowdancer zum Decken nach Hause muss und ich ihn dorthin fahren soll, weil Holger anscheinend verhindert ist. Dann drängst du mich dazu, ihn zu den Felsen zu bringen, und jetzt erfahre ich erst den wahren Grund, weswegen du den Hengst entführt hast. Du willst überhaupt kein Fohlen! Du willst nur ihn selbst!"

„Entführt? Paah! Ausgeliehen habe ich ihn mir!"

„Oh nein!" Karin schüttelte wieder wild ihren Kopf. „Du hast ihn entführt ... gestohlen oder was auch immer, und das Schlimmste an dieser ganzen Sache ist, dass du mich da mit reingezogen hast! Du weißt genau, dass ich niemals bei so etwas mitgemacht hätte, auch wenn ich dich noch so sehr liebe, Bernd! Aber das … nein! Niemals!“ Sie sprang auf und griff nach dem Halfter des Hengstes. „Ich werde ihn jetzt auf der Stelle zurückbringen! Ich mache mich wegen dir doch nicht strafbar!“

Bernd stand langsam auf und griff nach Karins Handgelenk. Wie ein Schraubstock drückte er seine Finger zu, bis die junge Frau mit einem unterdrückten Schrei das Halfter losließ.

Sanft lächelte Bernd seine Freundin an. „Du wirst ihn nirgends hinbringen, und … du wirst auch niemandem etwas erzählen, hörst du! Wenn du auch nur einen Mucks darüber verlauten lässt, was ich dir gesagt habe, dann bekommst du unvorstellbare Schwierigkeiten! Hast du mich verstanden, Kleines?“

Karin schaute ihn verängstigt an. So hatte sie ihren Freund noch niemals vorher erlebt. Gut, ein wenig verrückt war er schon immer gewesen, aber so?

„Du … du bist ja krank“, flüsterte sie tonlos. „Lass mich los! … Du sollst mich loslassen! Auf der Stelle!“

Bernd nickte. „Du wirst niemandem etwas sagen? Ja? Versprichst du es? Komm, versprich es!“, forderte er.

Karin schluckte, dann nickte sie. Erst langsam, dann immer heftiger. „Okay. Ich verspreche es. Ehrenwort“, versuchte sie ihren Freund zu besänftigen.

Bernd lächelte. „Ich glaube dir nicht!“ Lange sah er sie an, dann zog er sie mit sich. Gemeinsam stolperten sie einen schmalen Pfad zwischen den Felsen hinunter, bis sie an den Platz kamen, wo sie das Auto abgestellt hatten. Grob stieß Bernd seine Freundin auf den Beifahrersitz, stieg selbst auf der Fahrerseite ein und fuhr schnell davon. Im Vorüberfahren vergewisserte er sich mit einem Seitenblick, dass Karins Pferdetransporter im dichten Gebüsch von der Straße aus nicht zu sehen war.

„Du kannst doch Shadowdancer nicht allein lassen!" Karin drückte sich in den Sitz, während Bernd das Auto über die Schotterwege fliegen ließ.

„Oh, keine Angst, mein Schatz, der Prachtbursche ist nicht lange allein. Ich bin bald wieder bei ihm."

Karin wurde immer kleiner. „Wo … wo bringst du mich hin?", fragte sie leise.

Bernd schwieg eine ganze Weile. Erst, als Karin schon mit keiner Antwort mehr rechnete, meinte er: „Irgendwohin, wo du mir nicht in die Quere kommen kannst. Und jetzt sei gefälligst ruhig! Ich muss nachdenken."

Während Ricky sich mit Diabolo rund um die Ruine auf die Suche nach Günter begab, versuchte Anna, etwas über den Verbleib von Shadowdancer herauszufinden. Doch wen auch immer sie ansprach, keiner konnte ihr weiterhelfen.

Frustriert warf sie das Fahrrad am Rande der Zeltstadt ins Gras und setzte sich daneben. Die Arme um die angezogenen Knie geschlungen, wippte sie gedankenverloren vor und zurück. Ihr war zum Heulen zumute. Es konnte doch nicht sein, dass wirklich niemand etwas bemerkt hatte.

Automatisch wanderten ihre Augen über das Gelände, und sie überlegte, ob sich Shadowdancer vielleicht noch ganz in der Nähe befinden könnte. Doch dann hätte Holger ihn sicherlich schon gefunden.

Mit einem Mal sah sie in einer Einpferchung ein paar Pferde stehen, die augenscheinlich ihr heutiges Training schon hinter sich hatten und nun im Schatten eines Baumes dösten.

Anna stand auf und lief zu ihnen hinüber. Lockend stand sie an der Umzäunung und hoffte darauf, dass sich ihr eines der Tiere zuwenden würde.

„Na, du bist ja eine ganz Süße! Komm doch her! Ich tu

dir nichts", sagte sie zu einer kleinen Fuchsstute, die das Mädchen aufmerksam beobachtete, ehe sie sich in Bewegung setzte und vertrauensvoll auf es zukam.

Anna neigte ihren Kopf zur Seite und kraulte das Tier hinter den Ohren. Versonnen lächelte sie, während sie dem Pferdchen in die Augen schaute, und fast schien es ihr, als würde sie in Sammys Augen blicken. Irgendwie waren in diesem Moment sämtliche Friesenpferde und sogar auch der prachtvolle Shadowdancer nicht mehr wichtig. Anna fühlte sich unwahrscheinlich zu der kleinen Stute hingezogen, und als diese mit ihren samtweichen Nüstern vertrauensvoll über die Haare des Mädchens schnoberte, ging Annas Herz immer weiter auf.

Irritiert schüttelte sie ihren Kopf. Was da gerade in ihr vorging, konnte sie sich selbst nicht erklären. Wenn ihr jemand noch vor einer Stunde gesagt hätte, dass sie sich in eine kleine Fuchsstute verlieben würde, obwohl sie das schönste Exemplar ihrer eigentlichen Traumpferde hatte reiten dürfen, hätte sie sich bloß an die Stirn getippt. Fuchsstute? Niemals! Ich liebe Friesen! Fertig!

Und jetzt?

Jetzt hatte es das Pferdchen sogar geschafft, dass wenigstens für ein paar Minuten die sorgenvollen Gedanken um Shadowdancer verschwunden waren.

Während Anna die Stirn der Stute kraulte, bemerkte sie plötzlich mit einem Seitenblick, wie Bernd sich im Schatten der Transporter auf das gelb-weiße Zelt des „Ritters von Flockersfeld" zubewegte.

„Ich komme gleich wieder!", raunte sie dem Pferd zu und schlich Bernd hinterher.

„Wo ist er? Hast du ihn sicher versteckt?"

„Klar. Und er ist ganz in der Nähe!"

„Bist du verrückt? Sie werden ihn finden!"

Bernd kicherte verhalten. „Quatsch! Wer kommt schon auf die Idee, ihn in den Felsen zu suchen? Das wäre ja zu naheliegend! Außerdem bringe ich ihn gegen Abend weg."

„Hmm." Der andere Mann schien nicht unbedingt überzeugt davon zu sein, dass Bernd seine Sache gut gemacht hatte. „Und wo ist Karin? Sie hält hoffentlich dicht, oder?"

„Verlass dich drauf! Sie wird keinen Ton sagen! Ich habe sie in Urlaub geschickt."

Anna hielt ihr Ohr mit klopfendem Herzen dicht an die Zeltwand, um alles zu verstehen, doch die beiden Männer hatten jetzt die Lautstärke ihrer Stimmen auf ein Minimum gedrosselt.

Wenn sie doch nur wüsste, wem diese andere Stimme gehörte!

Vorsichtig wollte Anna noch einen Schritt näher herangehen, doch da stolperte sie über einen Hering, mit dem eine Zeltleine am Boden befestigt war. Ihr entfuhr ein Aufschrei, und schlagartig wurde es ruhig im Zelt.

„Nichts wie weg!", dachte das Mädchen panisch und rannte davon.

Die Männer lugten vorsichtig um die Zeltöffnung herum. Bernd sah von Anna nur noch die wehenden Haare.

„Wer war das? Meinst du, sie hat unser Gespräch mit angehört?", fragte der andere.

Bernd blickte ernst drein. „Keine Ahnung! Aber wenn ja, dann wäre es besser, wenn ich zu dem Hengst fahren und ihn woanders hinbringen würde. Mist! Das passt mir jetzt ganz und gar nicht ins Konzept!"

„Es war überhaupt der größte Blödsinn aller Zeiten, dass du hier aufgekreuzt bist! Schau bloß, dass dich keiner sieht, und schaffe vor allem den Hengst weg! Bringe ihn dahin, wo ich dir gesagt habe! Es darf nichts schiefgehen; das weißt du! Schließlich muss er uns noch gute Dienste erweisen: Seine Fohlen werden uns viel Geld bringen!“ Die Stimme klang erregt.

„Ja, ja, jetzt beruhig dich wieder!“, brummelte Bernd ungehalten, stülpte sich ein Kettenhemd mit Kapuze über und schlüpfte dann ungesehen aus dem Zelt.

Ricky stand mit Diabolo an der Trainingsbahn und unterhielt sich mit einer jungen Frau, als Anna wie eine Wilde auf ihrem Fahrrad angerauscht kam.

„Er war es!“, rief Anna Ricky schon von Weitem zu. „Es war Bernd! Ich habe ihn gesehen und gehört! Shadowdancer muss bei irgendwelchen Felsen sein! Hast du eine Ahnung, wo das sein könnte?“

Ricky, die etwas ungehalten darüber war, dass Günter noch nicht aufgekreuzt war, konnte Annas Äußerungen gar nicht so schnell folgen.

„Shadowdancer! Ich weiß, wo er ist!“, wiederholte das Mädchen außer Atem. „Aber wir müssen uns beeilen, weil Bernd ihn fortbringen möchte!“

Jetzt kam Ricky in die Gänge. „Klar weiß ich, wo die Felsen sind! Aber wir sollten Holger informieren oder Herrn Algenrieder. Ich glaube, den habe ich hier vorhin schon gesehen“, meinte sie und suchte die Umgebung nach dem Kommissar ab.

„Wir haben keine Zeit, auf sie zu warten!“, drängte Anna. „Wenn du weißt, wo diese Felsen sind, dann komm! Bitte, Ricky! Wir müssen bei Shadowdancer sein, ehe Bernd mit ihm über alle Berge ist!“

Ricky zeigte auf Annas Rad. „Damit wirst du aber auf den Wegen zu den Felsen kaum mit Diabolo mithalten können!“, sagte sie, während sie aufstieg.

Die junge Frau schaute zwischen den beiden Mädchen hin und her. „Wenn du reiten kannst, nimm Monique! Sie steht dort hinten!“, meinte sie hilfsbereit und deutete ausgerechnet auf die Fuchsstute, die es Anna vorhin so angetan hatte. „Ich heiße übrigens Mareike“, fügte sie hinzu.

„Echt? Das ist supernett von dir! Vielen Dank!“ Anna nickte erfreut und rannte mit Mareike zu der Einfriedung herüber.

Schnell sattelte Mareike ihr Pferd und drückte dann Anna die Zügel in die Hand. „Sie ist total lieb und absolut geländesicher! Pass mir aber trotzdem auf sie auf, ja?“

„Logisch!“ Anna schwang sich in den Sattel.

„Ich werde Herrn Algenrieder suchen und ihm sagen, wo ihr hinreitet, beziehungsweise wo ihr Shadowdancer vermutet!“

„Ich vermute nichts, ich weiß es!“, erwiderte Anna gehetzt. Dann verständigte sie sich mit Ricky durch einen Blick, und rasch verließen die beiden mit ihren Pferden den Platz bei der Ruine.

„Du wirst galoppieren müssen, wenn wir vor diesem Bernd bei den Felsen sein wollen“, murmelte Ricky und sah Anna von der Seite her an.

Moniques Reiterin nickte heftig. „Ich weiß …“

Gwen war mit Marc, Gisi und Jasmin unterwegs. Locker ritten sie mit ihren Pferden durch einen Bach und freuten sich über die willkommene Abkühlung an dem warmen Nachmittag, als die Hufe ihrer Tiere bei jedem Schritt das Wasser bis hoch zu den Reitern spritzen ließen

„Das ist toll! Das sollten wir viel öfter machen!“, johlte Gisi fröhlich, während Mijou vergnügt durch das kühle Nass stampfte.

„Boah, nee!“, brachte Jasmin gerade noch heraus, als Aida auch schon in die Knie ging, um sich genüsslich in den Bach zu legen.

„Bring sie hoch!“, schrie Gwen, doch es war zu spät.

Jasmin konnte gerade noch aus dem Sattel springen, da ging ihre Stute auch schon in die Knie, um sich im seichten Wasser zu wälzen.

„Oh Mist!“, rief Marc lachend. „Hoffentlich überlebt der Sattel die Steine im Bachbett!“

Gwen schaute ihn verzweifelt an. „Das hoffe ich allerdings auch!“ Sie konnte sich schon gut die nächste Gardinenpredigt ihrer Großmutter vorstellen, wenn nun auch noch das Sattelzeug im Eimer wäre. Doch Aida hatte ein Einsehen und beschränkte sich auf einen Wälz-Durchgang, ehe sie wieder prustend aufstand und sich das Wasser aus dem Fell schüttelte.

„Was für eine Dusche!“ Gisi sah Jasmin, die wie ein gebadeter Hund ausschaute, grinsend an.

„Kommt, lasst uns zum Waldrand da hinten reiten. Wir können uns dort ein wenig trocknen lassen“, schlug Gwen vor und dirigierte Black Jack quer über den vermoosten Untergrund des lichten Wäldchens in Richtung eines kleinen Häuschens, das einsam und verlassen am Rand des Waldes stand.

„Da würde ich auch gerne wohnen“, meinte Marc und erntete mit seiner Bemerkung gleich die Zustimmung der Mädchen.

„Das Haus steht schon lange leer“, erzählte Gwen. „Die Leute, die dort gelebt haben, sind vor ein paar Jahren gestorben, und keiner weiß so genau, wem es jetzt überhaupt gehört. Jedenfalls habe ich noch niemals eine Menschenseele hier gesehen, wann immer ich vorbeigeritten bin.“

„Eigentlich schade, wenn so etwas leer steht“, meinte Jasmin jetzt, als die Kids in unmittelbarer Nähe des Gebäudes abstiegen und die Sattelgurte lösten. „Das sieht irgendwie wie ein Puppenhaus aus. Mich würde es unheimlich interessieren, wie es innen aussieht. Glaubt ihr, dass ich da mal einen Blick reinwerfen könnte? Ich meine, wenn eh keiner mehr da drin wohnt …"

„Wird abgeschlossen sein", vermutete Marc, doch neugierig wie sie nun einmal war, ließ sich Jasmin nicht von ihrem Vorhaben abbringen. Schnell drückte sie Gisi Aidas Zügel in die Hand und lief die paar Schritte zur Eingangstür hinüber.

„Ist offen!", meldete sie gleich darauf und verschwand im Innern des Hauses, während sich die anderen Reiter ins Gras sinken ließen.

Nach wenigen Augenblicken stand Jasmin wieder in der Tür. Sie war leichenblass.

Gwen lachte. „Hast du den Hausgeist getroffen oder warum schaust du so komisch?"

Jasmin deutete nur aufgeregt über die Schulter zurück. „Da liegt eine junge Frau auf dem Sofa … und … und die sieht … überhaupt nicht gut aus!", brachte sie stockend hervor.

„Was?"

Die Jugendlichen richteten sich erschrocken auf, und Marc war der Erste, der sich dazu durchrang, sich die Unbekannte anzusehen.

Vorsichtig betrat er das Haus und sah Karin bleich daliegen. Tief atmete er durch, dann trat er zu ihr hin und tastete nach ihrem Handgelenk.

„Lebt sie noch?", fragte Gisi ängstlich vom Eingang her.

„Sieht so aus. Zum Glück!", gab Marc zurück und versuchte dann, die junge Frau zu wecken. „Hallo? Hallo! Ist Ihnen nicht gut?" Sanft rüttelte er sie an der Schulter.

Karin stöhnte auf. „Ich bin … so müde …", lallte sie. „Bernd … Schlaftabletten … Pferd entführt …" Sie brachte nur lauter unzusammenhängende Satzfetzen hervor und starrte Marc mit glasigen Augen an, ehe ihre Lider wieder schwer zufielen.

„Wie jetzt?“ Gwen lugte ebenfalls herein.

„Ich glaube, sie weiß, wo Shadowdancer ist“, bemerkte Marc. „Und ich denke, man sollte sie sofort zu einem Arzt bringen!“

„In diesem Zustand?“

„Wir können sie doch nicht einfach auf eines unserer Pferde packen, oder?“

„Im Prinzip ginge das schon, aber sie wird sich nicht im Sattel halten können.“

„Und was machen wir dann?“

Gwen schaute die anderen an. „Ich würde vorschlagen, dass Marc und Gisi hierbleiben und auf die Frau aufpassen. Jasmin und ich reiten zurück zum Gestüt und organisieren einen Arzt oder zumindest einen Wagen, der sie ins Krankenhaus bringen kann.“

„Okay!“ Marc nickte ihr zu. „Aber beeilt euch! Nicht, dass ich noch Wiederbelebungsversuche machen muss, falls ihr Kreislauf schlappmacht! Der Puls fühlt sich nämlich überhaupt nicht gut an.“

„Wir reiten, so schnell wir nur können! Wir müssten in einer Viertelstunde wieder auf dem Gestüt sein, wenn wir die Abkürzung nehmen und ein bisschen Gas geben“, meinte Gwen überzeugt, dann schlug sie Jasmin auf die Schulter. „Los, komm! Wir dürfen keine Zeit verlieren!“

Holger hatte seinen Freund Andreas darum gebeten, auf den Friesenhof zu fahren, während er noch einmal zur Ruine zurückkehren und nach Shadowdancer suchen wollte.

Andreas Grillmeier hatte nun in den vergangenen zwei Stunden versucht, Holgers Frau Monika zu beruhigen, was ihm allerdings nur bedingt gelungen war.

Da sein Freund noch immer nicht zurück war, beschloss er, noch einmal auf das Hohenhausener Gestüt zu fahren, um nach seiner Tochter zu sehen.

Als er durch das offene Gelände fuhr, stellte er fest, dass ihm diese Landschaft noch immer ausgesprochen gut gefiel. Das nahe gelegene Felsgebiet hatte ihn auch vor zwei Jahren schon magisch angezogen.

Seine Hand tastete auf den Beifahrersitz nach der Digitalkamera, und er beschloss, einen kurzen Abstecher zu den Felsen zu machen. Vielleicht würden ein paar schöne Fotos dabei helfen, seine zu Hause gebliebene Familie davon zu überzeugen, irgendwann einmal selbst mit ihm herzukommen.

Von Weitem sah er das prägnante Felsplateau. Die Aussicht, die sich ihm von dort aus auf das umliegende Land bieten würde, reizte ihn ungemein, und so fuhr er auf einem holprigen, schmalen Weg so nah es ging an die Felsen heran. Noch einmal kontrollierte er den Batteriestand seiner Digicam, dann stieg er aus, schloss den Wagen ab und folgte einem engen Pfad, von dem er annahm, dass er zu dem Plateau führen würde.

Ricky und Anna waren kreuz und quer alle möglichen Abkürzungen geritten, um möglichst rasch zu den Felsen zu gelangen, wo sie Shadowdancer vermuteten.

„Und was machen wir, wenn uns dieser Typ dort plötzlich gegenübersteht?“, fragte Ricky gerade mehr sich selbst als ihre Begleiterin.

„Frag mich etwas Leichteres.“ Anna konnte sich nicht daran erinnern, jemals derart aufgeregt gewesen zu sein. Selbst als sie ihren Gesangsauftritt im Fernsehen gehabt hatte, war das Lampenfieber nur halb so groß gewesen wie das, was sie im Augenblick fühlte.

„Wenn wir Shadowdancer nur finden!“, meinte sie bedrückt und strich Monique über den Hals. Das Pferdchen musste seine Beine fast doppelt so schnell wie Diabolo bewegen, da es um einiges kleiner war als der Rappe. Auf einmal stockte die kleine Stute und reckte fast zeitgleich mit Rickys Pferd den Kopf in die Höhe.

Beide Tiere spitzten die Ohren und blähten die Nüstern. Diabolo brummelte etwas unwillig vor sich hin und Monique stieß ein lautes Wiehern aus.

„Psssttt!“, machten Ricky und Anna, doch Monique begann aufgeregt zu tänzeln, was Anna den Angstschweiß auf die Stirn trieb.

„Bleib cool!“, meinte Ricky. „Sie wittert vielleicht den Hengst.“

„Was mache ich bloß, wenn sie durchgeht?“

„Ach was, sie wird nicht abzischen.“

„Sagst du!“

„Mensch, Anna, jammern hilft jetzt nichts! Du hast überhaupt keinen Grund, die Krise zu kriegen! Ich habe schon viel schlechtere Reiter gesehen!“

„He, schau doch mal, was ist denn das da vorne?“ Anna deutete über Moniques Kopf hinweg. „Da klettert doch einer in den Felsen herum, oder täusche ich mich?“

Ricky verengte ihre Augen zu Schlitzen, um besser sehen zu können. „Du hast recht! Wenn das dieser Bernd ist, sind wir zu spät dran. Aber was sucht der dort oben? Ich kann mir nicht vorstellen, dass er den Hengst so weit raufgebracht hat!“

„Wenn er ihn aber doch da oben hat, dann muss er ihn auch wieder runterbringen. Ricky, hast du eine Ahnung, wie viele Wege es durch die Felsen gibt?“

Diabolos Reiterin schüttelte ihren Kopf. „Nee. Ich kenne nur einen einzigen, und der ist sehr eng und gefährlich.“

Die beiden Mädchen schauten sich an, dann nickten sie sich zu.

„Hilft nichts … wir müssen rauf."

Bernd saß mit einem Fernglas hinter einem dichten Busch und beobachtete die Felslandschaft.

Verärgert stellte er fest, dass sich zwei Reiter unaufhaltsam näherten, und als er seinen Blick weiterschweifen ließ, entdeckte er einen Mann, der in Richtung Felsplateau kletterte.

„So ein Mist! Was tun die alle da? Warum sind die ausgerechnet heute hier unterwegs?", schimpfte er vor sich hin, doch als er bemerkte, dass die Reiter den Weg in Richtung des Kletterers einschlugen, rieb er sich die Hände. Wenn sie weiter auf diesem Weg blieben, dann würden sie Shadowdancer nicht entdecken. Sein Versteck lag auf der entgegengesetzten Seite der Felsen.

Hastig verließ er seinen Platz und rannte zu seinem Wagen. Noch ein paar Hundert Meter würde er fahren können, dann müsste er zu Fuß weitergehen, um den Hengst aus seinem Versteck zu holen. Er würde ihn dann etwa fünf Kilometer weit reiten und an einem abgelegenen Ort in einen ausgeliehenen Transporter verladen. Wenn er das erst einmal geschafft hatte, wäre der Weg für ihn offen. Kein Mensch würde das Tier jemals in der einsamen Berghütte vermuten, wo er es verstecken würde – Hunderte Kilometer weit weg von hier.

Für einen Augenblick musste Bernd an Karin denken.

Ob die Schlafmitteldosis für sie nicht doch vielleicht zu niedrig gewesen war? Doch dann schob er diesen Gedanken wieder zur Seite. Sicherlich würde sie noch so lange schlafen, bis er mit Shadowdancer über alle Berge wäre, und danach … Bernd war sich sicher, dass Karins Liebe zu ihm so groß war, dass sie ihm diese Aktion verzeihen würde. Und wenn nicht …?

Er hatte im Augenblick weder Lust noch Zeit, weiter darüber nachzudenken. Jetzt war es nur wichtig, so schnell wie möglich den Hengst zu holen und zu verladen. Alles andere würde sich dann später ergeben.

Karin erwachte langsam und schaute träge in die ernsten Gesichter von Marc und Gisi.

„Wer seid ihr? Was ist passiert?“, fragte sie schlaftrunken, und während Marcs darauffolgender Erklärung bemühte sie sich, ihren Oberkörper aufzurichten. In ihrem Kopf brummte es wie in einem Bienenschwarm. Doch langsam kehrte die Erinnerung zurück.

„Dieser elende Fiesling!“, sagte sie mehr zu sich selbst. „Er hat mich ruhiggestellt, um das Pferd fortzubringen!“

Marc und Gisi wechselten einen Blick.

„Shadowdancer?“, fragte Marc.

Karin nickte. „Man muss ihn aufhalten! Er hat Shadowdancer bei den Felsen versteckt. Aber ich bin mir sicher, dass er ihn woanders hinbringen wird. Wie spät ist es? Wie lange habe ich geschlafen?“

Marc zeigte ihr die Uhr.

„Mein Gott, ich war vier Stunden weggetreten!“ Karin ließ sich zurückfallen. „Ich fühle mich wie eine zermatschte Birne.“

„Unsere Freundin holt Hilfe“, klärte Gisi sie auf.

„Das ist gut!“, gähnte Karin. Sie spürte, wie müde sie immer noch war. Das Reden hatte ihre ganze Kraft gekostet. Kurz darauf fiel sie erneut in einen Tiefschlaf, der ihr wirre Träume von Bernd und Shadowdancer bescherte.

Ricky und Anna hatten die Felsen erreicht, während sie stetig den Mann beobachtet hatten, der nun auf dem Felsplateau stand und die Aussicht zu genießen schien.

„Der Typ hat die Ruhe weg“, meinte Ricky. „Er muss sich unwahrscheinlich sicher fühlen.“

Anna nickte, dann ritten sie ein Stückchen weiter, und als sie um ein dichtes Gebüsch herum kamen, ließ das Mädchen sein Pferd abrupt anhalten.

„Gibt’s ja nicht!“, rief es baff aus. „Was macht denn das Auto von meinem Vater hier?“

„Was?“ Ricky schaute Anna verblüfft an.

„Oh Mann!“ Anna fiel es wie Schuppen von den Augen. „Der dort oben auf dem Felsplateau … das ist mein Vater!“

„Und wo ist dann dieser Bernd?“

„Was weiß ich!“

Die beiden Mädchen wechselten unsichere Blicke. Mit einem Mal bemerkten sie ein paar Steinchen, die sich von irgendeinem Felsen über ihnen gelöst hatten und herunterrieselten.

„Anna, sieh nur, da oben!“, flüsterte Ricky.

„Bernd! Bernd und Shadowdancer!“, gab Anna aufgeregt zurück. „Mein Gott, ist der bescheuert, mit dem Pferd so nah am Abhang entlangzureiten? Ein Fehltritt und sie sind geliefert!“

Atemlos beobachteten die zwei den Reiter, der mit dem entführten Pferd einem schmalen Grat folgte, ehe er hinter einer Biegung verschwand.

„Sieht so aus, als wenn er runterreitet. Ricky, sag, weißt du, wo er rauskommt?“ Anna biss sich vor Aufregung auf die Lippen.

Diabolos Besitzerin überlegte fieberhaft. „Ich kenne mich hier auch nicht sonderlich gut aus, aber soviel ich weiß, gibt es nur einen einzigen Weg herunter, und der führt durch diese Felsenge hier durch.“

„Dann sollten wir unsere Pferde vielleicht ein Stückchen weiter hinter den Büschen verstecken und warten, bis er hier ist."

„Und dann?"

„Dann … dann … ach, keine Ahnung. Auf jeden Fall darf er uns nicht durch die Lappen gehen!" Annas Gesicht bekam einen kämpferischen Ausdruck.

„Na gut, dann komm!" Ricky ließ sich aus Diabolos Sattel gleiten und führte den Rappen ein paar Meter zur Seite. Anna folgte ihr mit Monique.

„Ich wünschte, Papa wäre nicht dort oben auf dem Plateau, sondern hier unten. Er wüsste sicherlich, was zu tun wäre, um diesen Bernd dingfest zu machen!"

Shadowdancers Reiter hatte die beiden Mädchen nicht bemerkt. Angestrengt war sein Blick nach vorne gerichtet, und Bernd atmete erst auf, als der Pfad wieder von dem gähnenden Abgrund weg führte.

„Ein Pferd hier raufzubringen, ist normalerweise Wahnsinn! Niemand hätte uns je dort oben vermutet", dachte Bernd. Er war entsprechend mies gelaunt, weil er das sichere Versteck verlassen und den Hengst nun woanders hinbringen musste.

Langsam und vorsichtig schritt Shadowdancer abwärts, bis es nur noch ein paar Meter bis zum Boden waren.

„Bist ein prima Pferd!", lobte Bernd den Hengst überschwänglich, als der zwischen den Felswänden auf die anschließende Grasfläche trat. Doch auf einmal blieb der Friese abrupt stehen. Dann erst bemerkte Bernd die beiden Mädchen, die direkt vor ihm standen und ihm von beiden Seiten in die Zügel griffen.

„Sie haben Shadowdancer gestohlen!", brüllte Anna ihn an, während ihr Herz vor Angst immer schneller schlug.

„Runter von dem Pferd!", schrie auch Ricky und zerrte an Bernds Unterschenkel.

„Seid ihr verrückt geworden?", knurrte der Mann mit zusammengebissenen Zähnen. „Verschwindet und lasst mich in Ruhe!" Angestrengt versuchte er, den Hengst zum Vorwärtsgehen zu bewegen, doch da kein Pferd mit Absicht einen Menschen über den Haufen rennen würde, tänzelte Shadowdancer nun vor den Mädchen hin und her.

„Komm da jetzt runter!", schrie Ricky erneut, doch da stolperte sie auf einmal über einen Stein und fiel hin.

„Aaahhh", entfuhr es ihr und sie verzog vor Schmerz ihr Gesicht.

Anna schaute ängstlich zu ihr hinüber, und Bernd nutzte ihre Unachtsamkeit, zog an den Zügeln und hieb Shadowdancer die Hacken in die Seiten.

Der Hengst machte einen Satz nach vorne, riss Anna den Zügel aus der Hand und war im Bruchteil einer Sekunde samt Reiter auf und davon.

Anna stürzte zu Ricky und kniete neben ihr nieder. „Hast du dir was getan?", fragte sie erschrocken.

Ricky schüttelte den Kopf. „Bestimmt nichts Schlimmes, aber mein Knöchel tut total weh. Verstaucht wahrscheinlich." Dann zeigte sie auf das davongaloppierende Pferd. „Anna, du musst ihm hinterher!"

„Aber ich …"

„Wenn du es nicht tust, dann war alles umsonst! Mach dir keine Gedanken um mich, sondern reite ihm nach! Los, mach schon!"

Anna schluckte schwer, dann sprang sie auf und lief um die Büsche herum zu den Pferden.

„Nimm Diabolo!", hörte sie Rickys Stimme. „Er ist schneller als Monique!"

Anna stand vor den beiden Pferden. Tausend Gedanken

schossen ihr durch den Kopf. Sie war hin und her gerissen zwischen Angst, mangelndem Selbstwertgefühl, aber auch der unbändigen Wut auf diesen Bernd, der Shadowdancer entführt hatte.

„Nun mach doch endlich!“ Rickys Stimme überschlug sich fast. Wenn es ihr möglich gewesen wäre, dann hätte sie gerne selbst Bernds Verfolgung aufgenommen, doch ihr anschwellender Knöchel machte ihr einen Strich durch die Rechnung.

„Okay“, sagte Anna leise und atmete heftig durch. „Ich tu’s!“ Dann ging alles ganz schnell.

Rasch band sie Diabolo los und saß schon im selben Moment in seinem Sattel. Kaum hatte sie den Rappen gewendet und nur ein wenig die Schenkel an seinen Leib gelegt, schoss das Pferd davon.

„Mein Gott“, dachte Anna und verkrampfte ihre Hände in Diabolos wallender Mähne. Sie durfte gar nicht daran denken, was mit ihr geschehen würde, falls sie jetzt stürzen würde.

Diabolo schien zu spüren, was in seiner Reiterin vorging, aber zugleich sagte ihm sein Instinkt, dass er diesem Hengst unbedingt folgen musste, und seine Galoppsprünge wurden immer länger und schneller.

Anna fühlte sich fast wie auf einem Rennpferd. Das Einzige, was sie noch tun konnte, war, sich darauf zu konzentrieren, im Sattel zu bleiben und darauf zu hoffen, dass Diabolo seine Richtung beibehalten würde. Ihn in irgendeiner Weise zu dirigieren, schien ihr unmöglich.

Bernd blickte sich immer wieder um. Unfassbar, dass diese kleine Rotzgöre es doch tatsächlich wagte, ihm hinterherzureiten! Als ob sie es jemals schaffen würde, Shadowdancer einzuholen. Lächerlich!

„Los! Schneller!“, feuerte er den Friesenhengst noch

mehr an. Doch so schnell dieses Tier auch über den Wiesenweg flog … Diabolo kam immer näher und näher.

Auf einmal stutzte Bernd. Er traute seinen Augen nicht: Vor ihm tauchten mindestens zwanzig Ritter in Rüstungen, Kettenhemden, aber auch in Jeans mit einfachen Umhängen im Halbkreis aus dem Wald auf – allen voran Holger Amstetter und Hans Algenrieder im Minnesängerkostüm. Mareike, die Besitzerin der kleinen Fuchstute Monique, hatte ganze Arbeit geleistet und nicht nur den Kommissar, sondern auch die gesamte Showtruppe informiert und organisiert.

„Verteilt euch!“, schrie Algenrieder jetzt, während Shadowdancer auf die Reitergruppe zuraste.

Bernd versuchte hektisch irgendwo ein Schlupfloch zu finden, durch das er entkommen konnte, doch wohin er sah, die Ritter schienen überall zu sein. Auch an Umdrehen war nicht zu denken, denn Diabolo raste unaufhaltsam näher und trieb Shadowdancer in die Arme von Bernds Showkollegen. Dennoch wagte der Pferdedieb einen letzten Fluchtversuch und riss den Hengst zur Seite. Doch Shadowdancer kam auf einer Unebenheit des Wiesenwegs ins Straucheln und knickte mit der Vorderhand ein. Wie ein Geschoss flog Bernd über den Pferdehals und landete auf dem Boden. Er hatte das Spiel verloren …

Kapitel 9

„Und dann? Wie ging's dann weiter?" Gebannt hörten Gwen, Marc und die anderen Feriengäste zu, was Anna erzählte.

„Holger schrie Bernd an, er sei ein Pferdedieb, und Bernd schrie zurück, dass Torsten an allem Schuld wäre, und dass es seine Idee gewesen wäre, das Pferd zu stehlen. Thorsten hat das natürlich geleugnet!"

„Das ist ja wie im Krimi! Und dann?"

„Algenrieder hat Bernd und Thorsten abholen lassen, um beide zu verhören. Shadowdancer hat ein dickes Sprunggelenk und kann die nächste Zeit nicht geritten werden, tja, und ich bin wieder zurückgeritten, habe Monique geholt und sie als Handpferd zur Ruine gebracht. Papa hat Ricky nach Hause gefahren, und den Rest kennt ihr ja."

Gisi schaute Jasmin triumphierend an. „Jetzt sagst du nichts mehr, oder?", stichelte sie.

Jasmin schüttelte den Kopf, dann stand sie auf und reichte Anna die Hand. „Ich glaube, ich habe dich total falsch eingeschätzt! Wenn wirklich alles so abgelaufen ist, wie Ricky es uns erzählt hat, dann kannst du reiten wie der Teufel! Sag also nie wieder, dass du Angst davor hast, im Gelände zu galoppieren, nur um Einzelreitstunden zu bekommen! Das nimmt dir kein Mensch mehr ab!" Breit grinsend schlug sie Anna auf die Schulter, die verlegen lächelte.

Anna war furchtbar stolz auf sich, aber um nichts auf der Welt würde sie zugeben, dass sie so etwas kein zweites Mal mehr machen würde, und dass sie sich auf Monique viel, viel wohler gefühlt hatte als auf Diabolo.

Ach ja, Monique ... Sie war einfach ein wundervolles Pferd. Anna ertappte sich dabei, wie sie davon träumte, dass die Stute ihr gehören würde. Was wäre es doch für ein Glück, so ein Pferd sein Eigen nennen zu dürfen. Aber davon abgesehen hatte Monique es bei Mareike gut. Die junge Frau war wirklich sehr nett. Anna würde es ihr nie vergessen, dass sie ihr einfach ihr Pferd überlassen hatte, damit sie Bernd hinterherreiten konnten.

Anna nahm sich vor, dass sie gleich morgen wieder zur Ruine radeln würde – doch dieses Mal nicht, um Shadowdancer zu sehen, sondern um sich mit Mareike zu treffen und um auch ein wenig mit Monique zusammenzusein.

Die verbliebene Zeit verging recht schnell.

Gwendolyn hatte die Teilnahme an den Ritterspielen abgesagt, da sich Marc immer noch mit Händen und Füßen dagegen gewehrt hatte, mitzureiten. Ricky war durch ihren verstauchten Knöchel nur begrenzt reitfähig, und Anna war fast nur noch auf dem Platz bei der Ruine bei Mareike und Monique zu finden.

Gisi und vor allem Jasmin waren ziemlich enttäuscht darüber, dass sie bei den Spielen nun doch nicht ihr reiterliches Können beweisen konnten, und Kuno schwor sich, nie wieder Trainingsgeräte für Ritterspiele zu bauen, wenn sie danach sowieso nicht benutzt wurden.

Ricky hatte ihren Diabolo jeden Tag zum Showtraining gebracht und fieberte nun auf dessen großen Auftritt hin.

„Wenn du morgen so aufgeregt bist wie im Augenblick, dann lenkst du Diabolo kolossal ab“, sagte Günter grinsend. Er war jedoch mit seinem Ritterpferd mehr als zufrieden. Rickys Rappe hatte in den letzten Tagen einiges gelernt und war mindestens so gelassen wie die anderen Showpferde der Truppe. „Übrigens, wenn du ihn jemals verkaufen möchtest, denk an mich!“

„Vergesst es, edler Ritter! Keine Chance!“ Ricky lachte und schaute zu Anna hinüber, die gestikulierend vor Mareike stand.

„Na, was war denn eben los?“, wollte sie kurz darauf von Anna wissen.

„Verrate ich nicht!“, sagte Anna grinsend. „Noch nicht.“

„Oh, ein großes Geheimnis, oder?“

„Logo!“ Dann rannte Anna wieder davon und verschwand irgendwo in der Zeltstadt.

Am nächsten Morgen brachte Ricky ihren Rappen schon in aller Frühe auf Hochglanz. Immer wieder bürstete sie ihm über das seidige Fell und ging anschließend noch mit einem angefeuchteten Schwamm darüber, um auch die letzten Staubkörnchen zu erwischen. Dann machte sie sich auf die Suche nach Anna.

„Habt ihr Anna irgendwo gesehen? Wir müssen langsam los, wenn wir nicht zu spät kommen wollen“, fragte sie die anderen nervös.

„Nun mach keinen Stress, Ricky! Es ist noch früh genug“, meinte Marc. Er würde mit Gwen, Gisi und Jasmin ein wenig später nachkommen, jedoch rechtzeitig, um Ritterpferd Diabolo zujubeln zu können.

Gwen sah ihre Freundin verwundert an. „Anna ist schon seit mindestens zwei Stunden weg!“

„Na toll! Und warum weiß ich das nicht?“ Ricky stürzte

davon. Wenn sie bloß nicht zu spät kommen würde! Günter würde ihr den Kopf abreißen!

Rasch sattelte sie ihr Pferd und ritt mit klopfendem Herzen los.

„Kaum zu glauben, wie schnell diese Woche hier vergangen ist", dachte sie, während Diabolo mit ausgreifendem Schritt die mittlerweile wohlbekannte Strecke entlangtrabte. Sie konnte und mochte sich kaum vorstellen, dass sie morgen Abend schon wieder zu Hause sein würde. Ihre Mutter würde aller Wahrscheinlichkeit nach wieder die Augen verdrehen, weil Ricky immer noch etwas humpelte. Sie würde sich somit in ihrer These bestätigt sehen, dass immer etwas passierte, wenn ihre Tochter mit Diabolo unterwegs war. Gustl, der Stallknecht, würde Ricky für komplett verrückt erklären, wenn er erfuhr, dass sie ihr Pferd als Ritterpferd eingesetzt hatte. Lediglich Kathi würde mit glänzenden Augen zuhören und sich fürchterlich ärgern, weil sie wieder einmal alles verpasst hatte …

„Irgendwie freue ich mich aber auch wieder auf zu Hause", sagte Ricky zu ihrem Pferd. „Bin schon gespannt, was das Fohlen macht … Aber jetzt, mein Guter, darfst du erst mal zeigen, was für ein prima Ritterpferd du geworden bist!" Sie kicherte vor sich hin. „Das hättest du wohl auch nicht gedacht, oder?"

Diabolo ging unermüdlich weiter, und wenig später hatten die beiden das Ruinengelände erreicht.

„Prima, dass du schon da bist!", rief Günter ihr von Weitem entgegen. „Es gibt Neuigkeiten!"

„Echt? Was denn?" Ricky sprang aus dem Sattel und schaute den jungen Mann neugierig an.

„Der Schwarze Ritter wird deinen Diabolo reiten!"

Ricky machte große Augen. „Wie jetzt? Ich denke, du reitest ihn? Wieso reitet Holger nicht eines seiner anderen

Pferde? Er hat doch genügend! Wir hatten abgemacht, dass nur du mein Pferd reitest und kein anderer!" Das Mädchen redete sich heiß. Keinem anderen als Günter würde es Diabolo anvertrauen!

„Ich habe ja auch nichts davon gesagt, dass Holger ihn reitet. Ich sagte lediglich, dass der Schwarze Ritter deinen Diabolo reiten wird!"

„Aber Holger ist doch der Schwarze Ritter, oder?" Ricky verstand nur Bahnhof.

„Holger war der Schwarze Ritter. Er wird ohne Shadowdancer nicht am Ritterturnier teilnehmen. Kurz und gut … Ich übernehme den Part des Schwarzen Ritters und Diabolo wird mir zur Ehre gereichen", erklärte Günter etwas gestelzt.

Jetzt strahlte Ricky wieder. „Boah, geil!"

„Dachte ich mir, dass du dich darüber freust." Günter blinzelte ihr freundlich zu. „Okay … in einer Stunde geht's los. Wenn du willst, kannst du Diabolo noch in den Paddock vor dem Fahrenstein-Zelt stellen. Heu liegt drin, und er darf sich noch ein wenig erholen, ehe die ganze Action losgeht. Dein Sattelzeug kannst du ins Zelt legen."

„Gut. Du, sag mal, hast du Anna irgendwo gesehen?"

Günter runzelte nachdenklich die Stirn. „Ja, schon. Aber frag mich jetzt bitte nicht, wo! Sie war schon recht früh hier und ist mit Mareike irgendwohin verschwunden. Seither ist sie mir nicht mehr über den Weg gelaufen."

Ricky seufzte. „Na, dann will ich mal nachsehen, ob ich sie finde. Aber zuerst versorge ich Diabolo."

„Tu das! Wir treffen uns dann in einer Dreiviertelstunde am Paddock."

„Okay, bis dann!" Ricky führte Diabolo davon, und Günter hastete zu seinen Reiterkollegen, um mit ihnen noch einmal den Ablauf der Show durchzusprechen.

Anna war wie vom Erdboden verschwunden; selbst ihr Vater wusste nicht, wo seine Tochter abgeblieben war, obwohl die ihn eigens herbestellt hatte, weil sie eine Überraschung für ihn hatte. Natürlich war er neugierig, warum Anna ihn gebeten hatte, mit der Digicam zu erscheinen, doch nun stand er ein wenig verloren auf dem Platz herum.

„Herr Grillmeier, könnten Sie mir einen riesengroßen Gefallen tun?“ Ricky trat auf ihn zu und schaute ihn treuherzig an.

Andreas lächelte. „Um was geht's denn?“

Das Mädchen druckste ein wenig herum, dann platzte es heraus: „Ich bin so ein Ei! Ich habe meine Kamera vergessen! Können Sie sich das vorstellen? Mein Diabolo wird heute vom Schwarzen Ritter geritten und ich kann ihn noch nicht mal fotografieren! Könnten Sie nicht vielleicht ...“

Andreas musste lachen. „Na klar mache ich ein paar Bilder von deinem Pferd. Wann ist es denn im Einsatz?“

„Bald! Laut Günter müsste es in zwanzig Minuten losgehen. Dort drüben auf der Bahn, wo die Ritter gegeneinander reiten.“

„Alles klar! Ich werde da sein.“ Andreas nickte ihr zu, dann raste Ricky zum Paddock zurück, wo Günter bereits im Ritter-Outfit vor dem Pferd stand.

Diabolo sah ihn mit großen Augen etwas verwirrt an, doch als er die Stimme seines Reiters erkannte, interessierte ihn auch das Rasseln des Kettenhemdes nicht mehr sonderlich und gelangweilt scharrte er mit seinem Huf auf dem Boden.

„Gleich geht's los, Ritterpferd!“ Günter klopfte ihm den Hals und wies dann einen Helfer an, den Überwurf für das Pferd zu holen.

„Was für einen Überwurf denn?“, wollte Ricky neugierig wissen.

„Wirst du gleich sehen! Du erkennst Diabolo nicht mehr wieder, wenn er fertig ist!“

Helfer Fabian kam mit einer überdimensionalen, zweiteiligen dunklen Schabracke aus dem Zelt. Vorsichtig legte er den einen Teil des langen, wallenden Umhangs, auf den beidseitig das Emblem des Schwarzen Ritters aufgestickt war, über die Sattellage des Pferdes und zog ihn dann bis über Kruppe und Schweif. Danach folgte der vordere Teil, der Hals und Schultern bedeckte, und schließlich legte er vorsichtig einen schweren Sattel mit sehr hohem Vorder- und Hinterzwiesel auf Diabolos Rücken.

Nachdem er Diabolo gesattelt und aufgetrenst hatte, zog Fabian ihm ein zur Schabracke passendes Kopfteil über, sodass nur noch die Augen und das Maul mit den Nüstern sichtbar waren. Mit einem Klettverschluss fixierte er das Kopfteil noch an dem hochgezogenen Halsteil, und schon war Diabolo nahezu vollständig verhüllt. Jetzt wurden noch die aufwändig gearbeiteten Zügel an den Trensenringen befestigt, dann setzte Ritter Günter seinen Helm mit dem schwarz-silbernen Federbusch auf und ließ sich von Fabian in den Sattel helfen.

„Na, wie sehen wir aus?“, fragte er etwas blechern durch den Mundschutz des Helms.

Ricky zuckte mit den Schultern und schüttelte den Kopf. „Ich bin völlig sprachlos!“, sagte sie, während ihre Augen vor Begeisterung blitzten. „Da fühlt man sich wirklich ins Mittelalter zurückversetzt. Diabolo sieht mit diesem Überwurf einfach nur irre aus, und deine Rüstung … hammerstark! Ehrlich!“

Der Schwarze Ritter neigte seinen Kopf zum Dank, dann lauschte er der Ansprache des mittelalterlichen Moderators. Der begrüßte die „edlen Rittersleut“, das „einfache Volk“, die „erhabenen Mannen samt Weibsleut“, aber auch die

„Handwerker und Gaukler“ , die „… an dem Tag des Ritterturniers sich der Belustigung hingeben und die Kämpfe der edlen Ritter bejubeln mögen. Auf dass der Beste unter ihnen vom edlen Marktfräulein mit einem Liede zum Sieger gekürt werden solle!“

Mittlerweile hatten sich viele Zuschauer auf dem Ruinengelände eingefunden, die die mittelalterlichen Kostüme, die hochherrschaftlichen Ritter wie auch die herrlichen Pferde bewunderten.

Gwen, Marc, Gisi und Jasmin kamen angerannt.

„Haben wir schon etwas verpasst?“, fragte Gwen ziemlich außer Atem. „Kunos Karre hat auf halbem Weg gestreikt, sodass wir die Reststrecke im Dauerlauf hinter uns bringen mussten.

Gisi und Jasmin japsten nach Luft, und selbst Marc, der eine ziemlich gute Kondition hatte, rasselte der Atem.

„Ihr Armen!“ Ricky schaute ihre Freunde mitleidig an, doch dann nahm sie Marc bei der Hand und zog ihn einfach mit sich. „Wir müssen zur Bahn rüber! Die Vorführung beginnt gleich!“

„Langsam, langsam! Ein alter Mann ist kein D-Zug“, keuchte Marc. Dann blickte er sich um.

„Und wo ist jetzt Diabolo?“

„Rat mal!“ Ricky grinste. „Er ist groß, er ist schwarz … eigentlich müsstest du ihn doch erkennen!“

Marc blies die Backen auf. „Wie soll ich unter all diesen vierbeinigen Umhängen denn dein Pferd erkennen? Kannst du mir das mal sagen?“

Ricky lachte. „Ich verrate nichts. Finde es selbst heraus!“, sagte sie, dann drängte sie sich mit ihren Freunden an die Umzäunung, um den Einmarsch der Ritter, die gegeneinander „kämpfen“ sollten, nicht zu verpassen.

„Die sehen saugut aus!“, rief Gisi schwärmerisch aus und

zeigte auf einen der Ritter, der mit seiner gestreiften Lanze kerzengerade im Sattel saß und eben an ihr vorüberritt.

Mit kaum sichtbaren Hilfen dirigierten sie ihre Pferde im Vorwärts-Seitwärtsschritt an der Umzäunung entlang, um so die Zuschauer zu begrüßen.

Zwölf Ritter waren es, die im „Zweikampf" gegeneinander reiten würden, bis zum Schluss ein einziger Sieger aus den verschiedenen Durchgängen übrig bleiben würde. Rickys Herz klopfte jetzt schon vor Stolz bis zum Hals, wenn sie daran dachte, dass ihr Diabolo den Schwarzen Ritter vielleicht zum Sieg tragen würde.

Aufgeregt kniff sie Marc in den Arm. „Jetzt geht's los!", raunte sie ihm zu, als zehn der zwölf Ritter die Bahn verließen. Die restlichen zwei platzierten sich einander gegenüber jeweils an einem Ende der Bahn. Noch waren die Lanzen steil aufgerichtet, und die Pferde tänzelten nervös und kraftstrotzend auf der Stelle.

Seitlich der Bahn stand in der Mitte ein Mann mit goldenem Umhang und goldener Lanze.

„Seid ihr bereit, edle Rittersleut?", rief er aus und erntete ein Kopfnicken der beiden Reiter. „So beginnet!" Langsam senkte er seine Lanze, und als die Spitze den Boden berührte, ließen die Ritter ihre Pferde wild angaloppieren, während sie ihre Lanzen in die Waagrechte brachten und aufeinander zu rasten. Laut brüllten sie ihre Kampfschreie heraus, und kaum waren sie auf gleicher Höhe, hatten die Zuschauer den Eindruck, dass der gelb-rote Ritter den blauschwarzen aus dem Sattel stieß. Mit einem dumpfen Aufprall fiel der Verlierer auf den Boden, während der gelb-rote Ritter unter Siegesgebrüll und mit hocherhobener Lanze wieder zurückpreschte.

„Das wirkt wirklich brutal echt", stellte Jasmin beeindruckt fest.

Gisi hatte Mitleid mit dem gestürzten Ritter, der von seinen zwei Knappen hinausgetragen wurde, während ein dritter sein Pferd einfing. Erst als Ricky Gisi mehrfach bestätigte, dass alles wirklich nur Show war und sich der gestürzte Ritter vermutlich gleich im Anschluss an seinen Auftritt etwas Leckeres zu essen und zu trinken gönnen würde, atmete sie erleichtert auf.

Nach entsprechenden Kommentaren des Turnierleiters, der das „Volk" dazu aufrief, den Sieger gebührend zu bejubeln, kamen auch schon die nächsten beiden Ritter auf die Bahn, und ein neuer Kampf begann.

„Wo ist eigentlich Anna?", fragte Gwen mit einem Mal.

„Keine Ahnung", gab Ricky zurück, während sie fasziniert auf die Reiter starrte. „Jedenfalls verpasst sie hier eine echt gute Show."

Ritterpaar für Ritterpaar machte seinen Durchgang, bis nur noch zwei Reiter übrig geblieben waren.

„Wie bereits in den vergangenen Jahren hat uns der Schwarze Ritter auch heute nicht enttäuscht und ist bis zum Entscheidungskampf durchgedrungen", tönte es durch den Lautsprecher. „So möget ihr jetzt Zeuge eines Kampfes werden, der alles entscheidend uns den wahren Sieger des Turniers zeigen wird. Der edle Ritter von Fahrenstein und der Schwarze Ritter – bislang von niemandem geschlagen – werden uns nun ihren Mut demonstrieren. Möge, wie in jedem Jahr, der Bessere gewinnen!"

Die beiden Reiter ritten mehrfach an den Zuschauerreihen entlang, um die „Gunst des Volkes" schon im Vorfeld für sich zu entscheiden.

Ricky drückte Marcs Arm heftiger.

„Diabolo! Mann, das hätte ich mir ja gleich denken können. Schwarzer Ritter auf schwarzem Pferd! Boah … sieht das gut aus!" Marc pfiff anerkennend durch die Zähne, dann verstummte er, als die beiden Ritter aufeinander zustürmten.

Ricky musste die Augen für einen Moment schließen, als die Ritter auf gleicher Höhe waren. Obwohl sie das Training in der vergangenen Woche jeden Tag beobachtet hatte und ganz genau wusste, dass nichts passieren würde, sah dieser Kampf im kompletten Ritter-Outfit so unglaublich echt aus, dass sie nun für einen Augenblick um ihr Pferd bangte. Aber alles lief planmäßig ab.

Der Gegner des Schwarzen Ritters ließ sich aus dem Sattel fallen und Günter riss mit einem Siegesschrei seine Lanze hoch. Dann übergab er sie Fabian und galoppierte hocherhobenen Hauptes an den Zuschauerreihen entlang.

Ricky konnte nicht anders: Begeistert kletterte sie auf die Umzäunung und jubelte Günter stolz zu.

Zwei Mal ritt er an ihr vorüber, beim dritten Mal kam er nah heran und zog sie hinter sich auf Diabolo.

Unter dem Gejohle der Menge galoppierte er mit Ricky um die Bahn herum, ehe er sie sanft wieder absetzte und den Kopf zur Verbeugung neigte.

Ricky war knallrot vor Freude, als sie zu ihren Freunden zurückkehrte.

„Das war so aber nicht geplant!“, sagte sie und grinste verlegen, während Jasmin sie neidvoll beobachtete.

„He, das werden klasse Bilder!“ Andreas Grillmeier kam zu den Jugendlichen herüber. „Du hast wirklich ein wunderbares Pferd.“

„Vielen Dank! Ich weiß“, gab Ricky glücklich lachend zurück. „Wenn ich jetzt noch wüsste, wo Anna steckt!“

Im gleichen Moment ertönte eine Fanfare.

„So, edler Ritter, empfanget nun Euren Preis, der Euch rechtmäßig zusteht! Einen Kuss des Edelfräuleins Anna, das Euch das Lied des Siegers darbietet!“

Andreas und Ricky fuhren herum und starrten mit offenen Mündern auf Anna, die in einem wunderschönen mittelalterlichen Kleid auf Monique langsam in die Bahn geritten kam, während Mareike an der Umzäunung stand und breit lächelnd den Daumen in die Höhe reckte. Sie hatte ihren Part der Show – das Singen zu Pferd – an Anna abgetreten.

Günter stellte Diabolo nun parallel zu den Zuschauern und zog seinen Helm vom Kopf.

„Mensch, Herr Grillmeier, nicht nur gucken! Fotografieren!“ Ricky stupste Annas Vater in die Seite und weckte ihn aus seiner Erstarrung. Gleich darauf klickte die Digicam ohne Unterlass.

„Edler Ritter, ich küre Euch zum Sieger des heutigen Tages!“, rief Anna mit glockenheller Stimme aus, ritt zu Günter hin und deutete einen Kuss auf seine Wange an. Ein unglaublicher Applaus entbrannte für den Ritter.

„Der Schwarze Ritter, er lebe hoch – hoch – hoch!“, schrien die begeisterten Zuschauer.

Anna saß kerzengerade im Sattel und ließ Monique, die mit ihrem Show-Sattelzeug noch schöner als sonst aussah, einige Schritte rückwärts treten, bis sie ein paar Meter von Diabolo entfernt anhielt. Anna richtete ihren Blick auf den Ritter und begann mit ihrer wunderbaren Stimme das Lied des Siegers zu singen.

Fasziniert lauschten die Menschen der kraftvollen, reinen Stimme des Mädchens, das in seinem Gesang die Welt zu vergessen schien.

Als Anna geendet hatte, blieb es noch für wenige Augenblicke absolut still, dann brandete der Applaus erneut auf – dieses Mal für die schönste Stimme, die je auf diesem Platz vernommen worden war.

Anna lächelte scheu, während Günter sich vor ihr verneigte. Und auf einmal knickte Diabolo mit dem Vorderbein ein, um ebenfalls in einer Verbeugung vor dem Mädchen zu verharren, bis Günter ihm erlaubte, sich wieder aufzurichten.

Ricky schaute mit großen Augen auf ihr Pferd. „Mann, ich habe gar nicht gewusst, dass Diabolo das kann! Ist ja Wahnsinn!"

Marc zuckte bloß mit den Schultern. „Hat Oli ihm heimlich beigebracht", wusste er und kassierte hierfür von Ricky einen Knuff in die Rippen.

„Mensch, das hättest du mir ja auch mal verraten können!", beschwerte sie sich mit strahlenden Augen.

„Nichts da! Du musst nicht alles wissen!"

Hand in Hand ritten der Schwarze Ritter und das Edelfräulein nun noch eine Runde, ehe sie die Bahn verließen.

„Ihr wart so super-, super-, superklasse!", riefen die Jugendlichen durcheinander, während Andreas seine Anna und Ricky ihren Diabolo in die Arme schloss.

Mareike kam herüber, gratulierte Anna zu ihrem gelungenen Auftritt und strich Monique mit einem wehmütigen Blick über die Stirn.

„Ich werde sie vermissen", sagte sie leise, doch dann lachte sie Anna zu. „Aber bei dir wird sie es gut haben. Da bin ich mir absolut sicher!"

„Ähem, habe ich etwas verpasst?" Andreas blickte seine Tochter verwirrt an.

Anna zuckte mit den Schultern. „Du hast vor Kurzem gesagt, dass ich mir ein Pferd kaufen darf und … ich habe mich für Monique entschieden. Das ist mein Pferd! Es war Liebe auf den ersten Blick, und Monique ist das beste, schönste und liebste Pferd auf der ganzen Welt. Na ja, Mareike muss sie leider wegen Zeitmangel verkaufen. Über den Preis sind wir uns auch schon einig. Und weißt du, was das Schönste ist? Ich habe, seit ich auf Monique geritten bin, keine Angst mehr vor dem Galopp! Ist das nicht toll?"

„Aha", meinte Andreas nur. Er war etwas überrumpelt, aber er stand zu seinem Versprechen, dass Anna sich ein Pferd kaufen durfte. „Sieht so aus, als hätte die Musik in deinem Leben Konkurrenz bekommen! Und was ist mit deinem Friesen-Traumpferd?"

Anna lachte. „Du hast ja gesehen, dass sich Monique und mein Gesang durchaus miteinander vereinbaren lassen. Und die Friesen-Traumpferde … sind definitiv out! Die werden eh nur geklaut!"

„Ich fasse es nicht", unkte Jasmin. „Kommt hierher, traut sich keinen Galopp im Gelände zu, jagt dann auf Diabolo einem Pferdedieb hinterher und geht nach einer Woche wieder mit einem eigenen Pferd nach Hause! Das gibt's ja wohl nicht, oder?"

„Gibt's eben schon! Siehste doch!" Grinsend hakte Anna ihren Vater unter und führte ihn ein paar Schritte zur Seite. Schließlich musste sie ihm gleich alles über ihr Traumpferdchen erzählen.

Ricky, die Diabolo gerade von seiner Stoffmaske befreite, sagte zu ihrem Rappen: „Hey, Ritterpferd, hast du das gehört? Monique ist das beste, liebste und schönste Pferd auf der ganzen Welt! Lässt du dir das gefallen?"

Diabolo prustete laut und schüttelte wild seinen Kopf.

„Hätte mich auch gewundert", sagte Ricky zufrieden, während Marc fassungslos die Arme verschränkte und sagte: „Himmel, das Pferd kann ja doch sprechen!"

Von Gabi Adam sind im PonyClub bereits erschienen:

Diabolo, Pferd meiner Träume (Diabolo 1), 2000
Lebensretter auf vier Hufen (Diabolo 2), 2000*
Neue Heimat für Diabolo (Diabolo 3), 2001*
Sorge um Diabolo (Diabolo 4), 2002*
Held der Nacht (Diabolo 5), 2003*
Letzte Chance für Golden Star (Diabolo 6), 2003
Dem Doppelgänger auf der Spur (Diabolo 7), 2004*
Das Vermächtnis (Diabolo 8), 2004*
Das Geheimnis vom Espensee (Diabolo 9), 2004*
Wettlauf gegen die Zeit (Diabolo 10), 2004*
Ein Tag wie jeder andere (Diabolo 11), 2004*
Fesseln der Angst (Diabolo 12), 2005*
Die Mutprobe (Diabolo 13), 2005*
Tage der Finsternis (Diabolo 14), 2005*
Ricky in Nöten (Diabolo 15), 2005
Die Neue (Diabolo 16), 2006
Trouble auf der Mercy-Ranch (Diabolo 17), 2006
Im Tal der Tränen (Diabolo 18), 2007
Zwischen Hoffen und Bangen (Diabolo 19), 2007
Tag der Entscheidung (Diabolo 20), 2007
Getrennte Wege (Diabolo 21), 2008
Endlose Nächte (Diabolo 22), 2008
Bei Nacht und Nebel (Diabolo 23), 2008

*nicht mehr lieferbar